明るい話は深く、
重い話は軽く

永　六輔

知恵の森文庫

光文社

この作品は知恵の森文庫のために書下ろされました。

まえがき

この本はページを広げると、TBS「土曜ワイドラジオ東京」が聞こえてきます。そして各地でお会いした有名、無名の方々から聞いたお話、それぞれの所、それぞれの都市で講演した話が聞こえてきます。

TBS「土曜ワイドラジオ東京」は聴取率のトップにあり、つまり多くの方に聞かれています。

放送や講演は、本来空中に四散してしまうものですが、その四散する電波の中の言葉、講演の中の言葉を活字にしました。

スタジオや講演で話した僕自身が、へエーこんなことを話していたのだとビックリした本なのです。

僕が投手なら、そのボールを受けとめてくれたのが平松由美さん。

間違いなく僕の言葉ですが、だとすると僕はこんな人間だったのかと自分を再発見。

放送や講演の言葉と、出版される文章の間にある深い河を見た思いもします。

永　六輔

目次

第一章　聴く

「永さん、あなたは疲れ過ぎです。お休みください」

こんなありがたい言葉を、毎週のようにいただきます。書いてくださるのはラジオで私の放送を聴いてくださる方々。疲れが声に出ているそうです。

咽喉《のど》に優しい浅田飴《あさだあめ》のCMをもうずっと、やっています。その私の声に疲れが出ているというのは、浅田飴が無かったらもっと声が出ていないということ。もし老化だとして、髪が白くなるように声にはどんなシワが出てしまうのだろうか。

疲れだけじゃないそうです。TBSラジオの「土曜ワイド」は生放送ですから、生の私の状態が生で、伝わってしまいます。怒っていたり、風邪をひいていたり、時には途中で居眠りをしたり。

生放送の最中に居眠りをする、といっても、ほんの数分間くらいのこと。威張って言うことではありませんが、もう名人の域に。

新幹線の運転手が運転中に眠りに落ちてしまい、何分間か意識がないまま新幹線は走りつづけ、自動制御装置のおかげで次の駅に止まった、というニュースがありました。この事件ですっかり知られるようになったのが、「睡眠時無呼吸症候群」（ＳＡＳ）という症状。仕事中でも、何をしていても、眠りに落ちてしまうのが特徴と。

そういえば、人前でも平気で寝てしまう、という年下の編集者がいましたが、ひょっとするとあいつも……。なんと無作法な、とさんざん叱ってしまったことをちょっと後悔する今日この頃。

○

○

ラジオネームというものがあります。ラジオを聴いている人が、投書やリクエストをするときに、本名でははばかられる場合に使う名前です。ペンネームのラジオ版。お節介に永六輔のラジオネームを考えてくれた人がいました。「出たきり老人」ですって。出たら帰ってこない、という僕の性格をちゃんと把握しています。

僕の番組では、ラジオネームを使わないことにしています。でも、「面白いネームを聴いたら、教えてください」とお願いしました。

「ラジオが一番、夫が二番」というのはあるご婦人のラジオネーム。「夜目、遠目、車の中」というのもありました。「斧《おの》の小町」さん、ちょっと怖そう。慶應OBの水戸黄門贔屓《びいき》でしょうか「三田校門」。こちらはルイ・アームストロングファンと思える「ニッチモサッチモ」。

○

「我が家の大革命」というテーマでお便りを寄せていただきました。一番多かったのが「インターネット始めました」、そして「インターネットを始めましたが、もう止めました」という挫折《ざせつ》派《は》あるいは守旧派の声。

いるとは思っていたけれど、本当にいたのが「ＩＴ革命には反対しているアナログ人間です」という意見。

「留守電もファクスもありません。携帯もパソコンも持ちません。だから、出かけるときもアナログです。週に二回、映画を観ます、コンサートへも行きます。伝統芸能の会にも行きます。自分が必要とする情報は、自分の体でそれを使って得ています」。ＩＴ化へ怒濤《どとう》のように進む社会への、挑戦状のような葉書でした。共感しましたよ、私は。

ＩＴ社会に対抗するには、強靱《きょうじん》な精神力がなくてはならない。携帯電話を持ってないと言うと「フン」という表情を見せる周りの冷たさに、ひるんではならない。

「これからも絶対、携帯電話は持たない」という人は多いんです。
でも、街の中から公衆電話がどんどん消えているのが現実です。携帯電話のシステムに事故があったとき、確実につながるものを残しておこうという器量を、この国はもう失ったのでしょうか。

僕も携帯電話が便利であることは、使った時に実感しています。仕事の折りに「これ、持ってください」と渡されるんです。打ち合わせてあったことを変更するときなんか、とても重宝。それでも、個人的には持たない。結局、持つ派と持たない派を分けるのは一番の売り物の便利さではなく、情緒的なものかもしれません。

「パソコンを入れた友達に手紙を書いても、返事をくれなくなりました」という葉書。寂しい。この寂しさがＩＴ情緒的反対派を中高年に増殖させています。
僕たちの生活に電話が侵入してきたときは、どうだったのだろう。電話反対派っていたのでしょうか。

何年も経《た》ってから、なぜあの人とそこで出会ったのか、経緯が思い出せないことがあります。「あのとき永さんはああだった、こうだった」と聞かされても、記憶をつなぐ橋が見つからなくて、腑に落ちない顔のまま。

歳を重ねるといっそう心配になります。でも、小学校のころから、学校へ持って行く算盤《そろばん》や体操着やらを、しょっちゅう忘れてましたね。そうなんです、惚《ぼ》けでもアルツハイマーでもなく、子どもの頃からの忘れっぽさ。

○

女優の有馬稲子《ありまいねこ》さんにもそう言われて、ドキンとしました。

「永さんと最初に会ったのはね、あなたが二十歳の大学生のときの、なンまいき（生意気）盛り。みんなで同人誌を出そうという集まりだったのよ。『五十歳過ぎの戦犯なんて仲間に入れてやらない。七十歳なんてよく生きてられると思うよ』、って言い放ったのよ、あなたは」

覚えていない。今年、七十歳になったのは覚えているけれど。

昨日のことのように、まざまざと記憶している出来事がある。でも、昨日の昼、何を食べたのか覚えていない。

○

綾小路《あやのこうじ》きみまろ、五十二歳。漫談家であり司会者。彼が司会をしてきたのは、新宿歌舞伎町《かぶきちょう》のキャバレーです。ニュージャパン、ロータリー、不夜城といういまはもう無いグランド・キャバレーで、歌手やダンサーの前座として漫談を交えた司会を二十年もやっていた。キャバレー司会者からエンタテインメントの世界に転じた、最後の世代。

中高年のオジサン・オバサンの哀感を毒舌で笑わせて、急に人気者に。でも当の本人は自分を冷静に見ている。

「ええ、三十年間売れなかった私ですから。咲いた花はいつか散る。登った山は必ず下ります。いまが花です」と、どこかニヒルだ。「だから永さん、厳しい目で見ていてください」と。

こんなことを言えるのは芸人としての自信がある証拠。

きみまろさんに敢《あ》えて聞きました。一緒に苦労した仲間の芸人が売れてテレビに出ていると、どんな気持ちだった、と。優等生なら「嬉しいですよ！」というはずだが、きみまろさんは違った。ひとこと「口惜《くや》しかった」と。本音の言える芸人なら、きっとこう言う。

芸人を育てた歌舞伎町を朝早く歩きながら、きみまろさんの回顧のひとこと。「この街のネオンがあったから、貧乏の辛さや寂しさから逃れられた」。

そこらの子どもみたいなタレントと、見る目が違う。

　三重県松阪《まつさか》に行ってきました。仕事が終わって、おそるおそる尋ねられました。「お土産にアレをご用意したんですが、もし構わなければお持ちいただけますか？」と。今までだったら誇らしく「松阪牛です！」といわれたのに、本場・松阪でさえこうなんですね。もちろん、喜んでいただいてきました。

　風評被害。口コミで広がることを、普段は味方にしていたのに、口コミの風評もまさしく敵になる。安全と分かっていても、牛肉全般を遠ざけてしまう。この被害で閉店してしまった焼肉屋がなんと多いことか。「肉食ってるから元気」と豪語していた銀座紳士のみなさんたち、こういうときこそ威張って食べなきゃ。

「おっと待った、この喧嘩《けんか》、預かったぜ」という、声が大きくて力があるお節介な男が、昔は町内に一人はいたもんです。喧嘩の仲裁役。最近それがいない。国際政治でもそうです。本来は国連の仕事なのでしょうが、二十一世紀になって国連も〝預かれない〟時代になった。国際問題はいよいよ冷静に見ていかねばならないと思っています。

お節介はお喋《しゃべ》りです。誰かと誰かのもめごとを、「まあ、まあ、あんたの言い分も聞こうじゃないか」と仲裁するには、言葉が必要。言い分や抗弁を聞きながら、着地点を探していく。

この言葉のキャッチボールのプロセスがないから、いきなり刺したり殴ったり。まるで社会は触れたら爆発する危ない爆弾が、あっちこっちに散らばっている。その中をまるで地雷原を歩くように、こわごわと人間関係を築く。若い連中が「傷つきたくない」というたびに、僕は地雷原を進む人の姿を思う。

文化人類学者の山口昌男《やまぐちまさお》さんから聞いたこと。

「フィールドワークで現地へ行くと、必ず愛想よく近づいてきて、聞かないのにいろいろ話してくれる人がいます。でも、最初にその人に捕まってしまうと、後は全然収穫がない。絶対その土地のことは分からない。言ってみれば、友好的な広報マンですから、彼が知らせたいこと以外は絶対口を割らないし、紹介しない。良い人なんですが、立ちふさがる壁にもなります」

○

僕の通っていた歯医者さんのビルには、素敵な守衛さんがいます。もう年配ですが、毎朝通勤してくるビルに勤める人に、ひとりひとり「おはようございます」の声を掛ける。入口に近い歯科医の待合室にいても聞こえてくるのですが、相手によって声の調子や言い方が違う。

あっ、いま来たのは会社の偉い人、今度は新入社員、絶対に女性社員、同年輩の窓際社員かな、と分かるような違いがあります。感心して聞きながら、どこかで聞いたような気がして、しばらく経ってあっと思いました。落語の中にこういうくだりがよく出てきます。大家《おおや》に呼ばれて店子《たなこ》が勢ぞろいして、順番に返事をしているとき。あのオジさんは落語のファンに違いない、と思うと嬉しくなりました。

○

呼び出し電話があったこと、覚えていますか？　携帯が二人に一人、という時代に全然信じてもらえないのですが、昔は他所《よそ》のお宅の電話を連絡先に決めていたものでした。仕事先や会社からの緊急の呼び出しは、隣の家から声がかかったものです。「お電話がかかってます」「すみません」というやりとりがあって、電話に出る。だからその頃の電話は、たいてい玄関に置いてありました。

電話の代わりは、電報。身内の急病や危篤などの良くない知らせは、まず電報できました。電報の中でも一段と速いのが、至急電報。この電報のことをウナ電といいました。若い者にこのことを言うと、決まって「ウナ丼ですか?」と聞かれる。面倒だからまとめて説明してしまいます。英語で至急のことはアージェントといいます。綴《つづ》りはurgent。これをモールス信号の符号に置き換えた略符が、ウナになりました。

昭和五十一年に廃止されています。

○

グラフィック・デザイナーの田中一光《たなかいっこう》さんから、あるときこんなことを頼まれました。「写真家の土門拳《どもんけん》さんが文楽の写真集を出す。そのデザインを私がする。ついては相談に乗って欲しい」。大好きな一光さんの話ですから、何を置いても飛んでいきました。すると、土門さんの撮影した写真を見せながら、「これは何を語っているところだろう」というのです。それを読み解いて欲しい、と。

うーん、うなりました。いくら僕が伝統芸能をよく観ているからといっても、そこまでは無理。それで武智鉄二《たけちてつじ》さんにお願いしました。

さすがでした。太夫《たゆう》の顔の表情や構え、浄瑠璃《じょうるり》人形の所作《しょさ》を見ただけで、武智さんは「あ、これは『太閤記《たいこうき》』十段目の、あらわれいずる、の〝あ〟の口の形です」と断定。

ここまで分かる武智さんはもちろん、それを望んだ一光さん、そういう気持ちにさせる写真を撮った土門さんもすごい。今となっては懐かしい人たちです。

○

「お母さん、声を出して唄ってください！　下手でも、伴奏がなくてもいいんです」

と、叫んでいるのが作曲家の服部公一《はっとりこういち》さん。最近の母親は、家で子どもに童謡を唄ってやらないみたいです。お母さんといっても、いま幼稚園へ通うお子さんがいるくらいの世代のこと。そのまたひとつ上、おばあちゃんの世代になると、童謡をたくさん覚えています。なぜいまのお母さん世代は、唄わないのだろうか。さらに、最近の子どもたちの声の小ささとも関係があるのではないか。

探偵・服部さんの調査では、テレビのせいではないかということになった。幼児の興味は刺激の強いテレビの音声や音楽やテレビゲーム向いて行き、それ以外の音には耳を閉ざしてしまう。

お母さんが唄わないなら、幼稚園の先生はどうだろう。初代の〝うたのおねえさん〟である真理《まり》よしこさんは、いまは幼稚園の先生を育てる先生。真理さんは「卒業までにお歌百曲覚えること」を学生に課しているそうです。

なぜ子どもたちが囁《ささや》くような声になるのか、服部公一さんの説明はこう。

「アウトドアでかくれんぼしたり、鬼ごっこをすると大きな声を出す練習になります。

家でゲームや勉強ばかりしていると、アコースティックの良い小さい部屋だから、囁きで充分なんです。生活環境の問題です」

僕が覚えている母の唄う歌は「浜辺の歌」、父は浅草オペラのファンだったので「ディアボロの歌」でした。

親が唄って聞かせる歌には、クラシックの歌曲も民謡も仕事の歌も何でも入っている。明治以来の日本の童謡はこういうすべての音楽を含んだもので、歴史そのもの。ともかく声に出して唄いましょう。

と言いながら、東京の新聞に折り込まれていた不動産の広告に、目が止まりました。「楽器禁止」という賃貸マンション。ならば唄うのはどうなのだろう？　こういう部屋に住むと、誰も唄わなくなりそうです。

○

あのハンサム、近藤正臣《こんどうまさおみ》さんが番組に登場してくれたとき、寄せられた手紙の中にこんなのがありました。「近藤正臣さんは俳優であり、環境保護の実践者であり、そして歌手でもあります。懐かしのCMソングを唄っていますが、その金釘流の歌もなかなかいいもんです」。金釘流の？　これってほめているの？

近藤正臣さんの魅力は容貌を裏切るお茶目な人柄。「僕は京都で育ちましたから、神社のお祭りやお寺の縁日が大好きなんです。いま住んでいる家は、すごく恵まれていて、祭りになると家の玄関を出たとこがすぐ屋台が並ぶ道。これが嬉しくてね。縁日に出ている屋台って、子どものことも平気で騙《だま》すでしょう。いい加減なものを売って。ああいうことが今でもあるのね。香具師《やし》と知恵比べしているみたいなやり取りも、好きでねえ。インチキものも売って欲しいですよ」。

京都生まれなのに、近藤正臣さんの話し方は東京の下町の職人言葉です。

「あ、そうですか。オレ、寄席《よせ》が好きで、しょっちゅう通ってたから。東京弁っていうと、耳から入った落語の口調が出てくるんでしょうか」

さらに感心したのは、「僕」と「俺」をきちんと使い分けていること。自分が主語になるときは俺、相手がいてその人に自分を語るときは僕、そして時どき「私」を混ぜる。話し方が生き生きしているのは、こういう使い分けができるから。

環境を大事にする近藤さんが、縁日でヤンバルクイナの親戚《しんせき》の鳥だと騙されてウズラを買った話には、本当に声を挙げて笑いました。最近よく「永さん、このごろ笑わなくなりましたね、どこか悪いのですか?」と心配される私でしたが、久しぶりにお腹が痛くなるほど笑った。

○

イ・ジョンミさん、歌手です。心に沁《し》み入る歌を唄っています。済州島出身の両親のもと、東京生まれ。

イさんの歌を聞くたびに、朝鮮半島は歌の上手《うま》い人を輩出する国だと実感。鍛えられた声はどうやって生まれたのだろう、と思って聞いてみました。

「自然と、でしょうか。身に沁みついたものなのかも」

韓国の全羅南道はパンソリの故郷。パンソリは唄というより謡《うた》い、謡曲と共通する発声法をします。叙事詩をもとにした芝居で、唄と語りで演じられる古典芸能です。古典は人の体に入り、こうやって伝わっていく。

済州島はエイをよく食べるところ、と食通から聞いたことがあります。イさんに確認したら、「お刺身にしてよく食べますよ」と言われた。私は人類のエイ族代表ものっていますから、心配で「食べにくくないですか？」と聞くと、「コチジャンに漬《つ》けて、ニンニクいっぱいきかせて食べると、匂いは全然平気」というお答え。

北海道のエイ（かすべ）は生姜《しょうが》、済州島では唐辛子とニンニク、エイ族にはピリカラきつめの香辛料が合うようです。

○

戦争中は敵性音楽だというので、アメリカのポップスはもちろんのこと、シャンソンも聞くことができなかったのです。シャンソン愛好家が聞く機会を失ったばかりでなく、プロのシャンソン歌手は仕事がなくなってしまったのでした。

あれから五十年以上経って、当時のシャンソン歌手のひとり、高英男《こうひでお》さんが述懐して言いました。「好きな歌を自由に歌え、自由に聴ける。これが平和の証拠です」。パリ祭を記念したシャンソンの会で。

○

宝塚《たからづか》から松竹撮影所へ入った淡島千景《あわしまちかげ》さん。映画界に移ったときは、まさに花園の妖精が俗世界に舞い降りたような、まばゆいほどの印象でした。

その淡島さんの実弟は、僕の学生時代の親友。彼が悪さをするとお姉さんが叱るのですが、「あなたも一緒に、そこへお座んなさい」と言われ、並んでお小言を頂戴したという嬉しい過去があります。叱る声も素敵でした、怒った顔も美しかった。

○

「屋根の瓦《かわら》がね、まるで忍者の放つ手裏剣のように飛んできたの。僕と弟はそのとき、家の前庭で水遊びしていた。ものすごい地鳴りがして、瞬間足をすくわれてひっくり返った上にです」

池部良《いけべりょう》さんが関東大震災の被害を回顧して、話してくれたこと。地面に転がった少年の目には、落ちてくる瓦がまるで命を狙う手裏剣のように見えた。あの地震の恐さが、いっそうよく理解できました。いまも魅力的な俳優さんですが、エッセイの名手でもあり、描写はさすが。

池部さんの前では僕はとても緊張する。池部良ファンにとって忘れられない映画というと、『青い山脈』。この映画の中で池部さんが演じたのが、〝ロクスケ〟という大学生。その名前に憧れたのが永六輔につながるからです。

○

戦後のNHK放送を振り返って見ると、アメリカの影響を強く受けていました。例えば、戦後の子どもたちにとって懐かしい「歌のおばさん」という番組も、アメリカにモデルがありました。「シンギング・レディー」という子ども向けの歌番組がそれです。

それにしても、レディーというと歌う淑女ですから、おばさんというより、おねえさんになるはず。今なら「失礼じゃないか」と抗議が来そう。

「そうよ、わたしもそう思ったの」と、思い出して怒るのが声楽家の松田《まつだ》トシさん。米寿を迎えてもなお、艶《つや》のある声で唄っている。

「レディーがおばさんになっちゃったのよ。NHKの課長さんにどうしてそうなるのと詰め寄ったら、『松田さん、おばさんとは小さなお母さんと書くんです。朝の忙しいとき、おうちのお母様に代わってラジオの小母さんが代理になって子どもたちに歌を唄ってあげる。そう思ってください』って言われて」

松田トシさんはNHKに言われたとおり、優しいお母さん代わりになってラジオから子どもたちに呼びかけた。「おはようございます！」「ご飯の前には手を洗いましょうね」。聞こえてくる小母さんの声に、子どもたちはラジオに向かって正座をし、背筋を伸ばして返事をしていた。

当時、ラジオは家の中心にありました。一間きりの部屋で、布団を上げてちゃぶ台を置き、食事が終わった子どもたちは茶簞笥《ちゃだんす》の上のラジオを向いて座る。日本の家庭は、どこもこんなふうでした。

「最近は、定年退職した男の方が、歌のレッスンをして欲しい、とやってきます。そういう人たちが唄いたいのは、オペラのアリアの名曲なの。『椿姫』のアルフレードが唄う〝乾杯の歌〟だったり、『リゴレット』のマントヴァ公が歌う〝女心の歌〟というような。でも私は女ですから、男性のアリアを教えるには自分でまず勉強しなくちゃならない。だから大変なんですよう」

なるほど、男性も女性も歌える歌曲と違って、アリアは性が違うと歌い方も変わるのですね。勉強になりました。

○

沖縄で聞きました。アメリカがイラクを攻撃する三カ月前から「コザからＧＩがいなくなっていた」と。「爆撃機が姿を消し、代わりに偵察機が帰って来た。きっと何かある、と思っていましたよ」。

「国会議員を辞めて、その晩に筑紫哲也《ちくしてつや》さんのニュース番組に出たとき、いきなり『巨泉《きよせん》さん、おかえんなさい』と言われた。嬉しくて、涙が出そうになった。その瞬間『ああ、俺はやっぱりこっちにいたんだ』ってね」と、大橋《おおはし》巨泉さん。

テレビや雑誌というマスメディアの世界に育ち、また戻ってきた巨泉さん。

政界では何が一番異常だと思ったかと聞くと、「よく言われるように、永田町《ながたちょう》の論理と世間一般の論理のズレだね」と断言しました。

「たとえばこういうことがあったの。僕が新聞に取材された記事で、『小泉《こいずみ》首相は狡《こう》猾《かつ》で、我が党の鳩山《はとやま》代表はうぶな娘のようなもの』と言ったと。早速、党から注意を受けてね。菅《かん》さんの説明では『巨泉さん、狡猾というのは政界では誉め言葉、うぶな娘はけなす言葉です』って」

どこの親が子どもに「狡猾におなり」って、言うだろうか。

○

「ここへ来るのは口惜しいですね」と率直に語ってくれたのは、俳優の小林稔侍《こばやしねんじ》さん。東京・大泉《おおいずみ》にある東映東京撮影所で、俳優としてのスタートを切った。その撮影所をインタビューの場に選んだことについて感想を聞くと、正直な答えが返ってきました。長く下積みの生活を続けてきただけに、古巣へ帰るのが誇らしくもあり、怖くもある。

「養成所を出てここの試験を受けに来たら、すごいやつらがいっぱい来ている。この中ではどうしたって芽が出ない。五十歳になる頃までやっていたら、何とか売れるだろうか、という絶望的な気持ちのスタートでした。いまの私の根本がここで創られた」

静かな声で、訥々《とつとつ》と語ってくれた。あの語り口は地だったんですね。

撮影所のセットは映画を撮るたびに、建てたり壊したり。だから釘や鋲《びょう》が大量に使われ、地面にも大量に落ちている。こういう釘を集める係りは、巨大な磁石を紐《ひも》で腰に結びつけて歩いていた。

俳優さんが歩いたり、転んだりしても怪我《けが》をしないように、監督やスターの乗る車がパンクしないように、磁石を引いて歩くというのも仕事だった。

小林稔侍さんに聞きました。あの監督とやりたかった、という監督はいましたか？

「はい。内田吐夢《うちだとむ》さん。ある作品に出してもらったんですが、衣装合わせのときに『こういう衣装でやりたいなあ』と僕が考えていたのと同じものを、監督が選んでくれたんです。大監督がですよ。嬉しかったですね。そのとき一回だけでした」。黒のトックリのセーターだったそうです。

○

郡上八幡《ぐじょうはちまん》の盆踊りが好きです。毎年七月から九月にかけて、二カ月間も毎晩繰り広げられるのがこの郡上踊り。郡上八幡の町では、夜八時を過ぎるとどこからともなく盆踊りのリズムが響いてくる。毎晩場所を変えて行われるので、音のもとを探して町を歩く楽しみもあります。

郡上八幡の盆踊りがいいのは、昔ながらの音や明りを残している町があること。毎年七月から九月まで続く、長い長い盆踊り期間ですが、電気を使わずに昔のとおりのやり方を守っている地域があります。蠟燭《ろうそく》をともして提灯《ちょうちん》に明りを入れ、柔らかいほの暗さのもとで踊る。音楽も音響装置を使わずに、アコースティックな楽器そのものの音で踊る。

毎晩日替わりで踊りの場所が移りますから、電気を使う町が多いのですが、いろいろなやり方があっていい。その夜によって、光や音の演出が変わるのも、いいじゃないですか。

その盆踊りの響きが東京にも流れています。港区青山の青山通り界隈。このあたりは昔、青山家の下屋敷だったところ。青山さんが郡上八幡の城主になってから、郡上踊りが公認されました。時代は一八世紀の宝暦《ほうれき》年間、激しい農民一揆《いっき》に手を焼いてそのエネルギーを踊りに向けさせた、とも伝わっています。こういう縁から、都心の246号線の青山界隈には夏が近づくと郡上の盆踊りの歌が静かに流れています。

○

ダークダックス、ボニージャックス、そこへもうひとつ、デュークエイセスを加えます。全員をぐるぐるっとかき混ぜて、さあ、もう一度グループ別に並べ替えてみてください。できますか？　日本を代表する男声コーラスグループの御三家の、〝家族合わせ〟です。簡単そうで、難しい。よく知っているようでいて、「あれえ?」という事態になります。

男声コーラス御三家のすべてと、もう長く仕事をしてきましたから、私は間違えずにできます。

なかでも特に付き合いの深いのがデュークです。彼らと一緒に「日本のうたシリーズ」を創って、それをひと区切りにして作詞家・永六輔としての仕事を止めました。

デュークエイセスと一緒に創った「日本のうたシリーズ」の京都の歌が、「京都大原　三千院」という歌詞で始まります。あるとき京都駅からタクシーに乗ったら「京都　大原　三千円」と運転手さん。

まさしく大原まで三千円で行けた時代があったのだそうです。今はもう無理。

○

私同様、よく怒ることで知られている作曲家の小林亜星《あせい》さんが、珍しく教育問題について怒りました。「日本の教育は日本語を大事にしていない」というのです。日本人は日本語で考えて日本語でものを伝える。それをおろそかにしている教育はおかしい、と。

印象的だった話は、「子どもの頃、学校で教わらないことをどれだけ知っているか、それが子どものプライドだった。今の子どもは学校で教わることしか知らない」。子どもにとって勉強以外のことというと、世の中そのものです。

そういえば、がき大将も物知りでした。木登り、昆虫や魚のこと、駄菓子屋での駆け引き。喧嘩のし方。塀の上の歩き方、他所の家の物置の中身。がき大将に教わったことが、いかに多かったか。

○

「視力障害者の教師の会」という組織があります。会員は六十人くらい。全盲で目が不自由ながら教壇に立っている先生たちの集まりです。そのメンバーの一人と、ある劇場の帰りに偶然知り合いました。その先生は難病を患ってから、目が見えなくなられたそうですが、見えなくても教えることができます。文部科学省や教育委員会などには、目が不自由でどうして教師が務まるのかという連中がいそうですが、この先生たちが証明してくれています。

○

介護保険が始まって、定着するにはまだまだ時間が必要ですが、だんだん介護に対する気持ちが、高齢者全体に向けられる関心が高くなったことは、嬉しいことです。

下町にはよく、独りで暮らしているお年寄りがいます。「おひとりで、お達者ですね」と声を掛けると、とっても嬉しそうな顔になる。こういう人には独りがいいんですね。行政はきっと、十把《じっぱ》ひと絡《から》げで独居老人というのでしょうが、ひとりひとり違います。できるだけその人が満足できる状態で、長生きして欲しい。そう思うのです。

高齢社会になって、それを新しいビジネス・チャンスと考えよう、という動きも出てきます。でも、なかなか上手くいかない。なぜ上手くいかないのだろうといわれて、話を聞いてみました。ある町では高齢世帯が多いので、食事の宅配や、カタログで買い物した食品の宅配というビジネスが生まれたのだそうです。町の商店街ではお客が減って困っている、お年寄りは買い物に出られなくて困っている、それなら両方を合わせれば「めでたし、めでたし」となるはずでした。

ところが、現実的にはそうはならなかったのです。高齢者は知らない人がズカズカと家に上がりこんで台所に立ったり、冷蔵庫をのぞかれるのが耐えがたい。ビジネスの方は、役に立つんだという押し付けがましさがある。両方がもっと歩み寄らねば、生活は変えられませんよ。

私自身がそうですから、分かります。歳をとると自分の世界が大事なんです。誰にも乱されたくない。孫にだって掻《か》き回されたくないですから。ましてや他人が配達とはいえ家の中に上がりこんでくるなんて、とんでもない。ドアを開けて勝手に風を吹き込まれるのは、いやなんです。本当は助けてもらわないと身動きできない状態でも、歯を食いしばって耐えてしまう方を選ぶ老人の方《かた》が多い国なんです。

老人にもプライドがあります。特に大正生まれと昭和ヒトケタ生まれには、戦後を頑張って生きてきた、この国を造ってきたというプライドがあります。こういう年寄りの生き方をそのままにしながら、その中にどれだけ入り込んでいけるか、行政もボランティアも試されています。

この世代の高齢者は、近所づきあいに慣れていないから、警戒感があります。えっ、そんな、お年寄りはみんな近所と仲がいいのでしょう、というのは間違い。若い者の勝手な思い込みです。この世代は働き蜂だったんですよ。朝に家を出て長時間通勤して、残業して帰って来る。転勤もあったし、何度も引っ越してようやくマイホームを建てた世代です。

十朱幸代《とあけゆきよ》さんのお父さんは、俳優の十朱久雄《ひさお》さんでした。僕は十朱久雄さんが白い麻の背広を着ているのを見て、なんて素敵なんだろう、なんてお洒落《しゃれ》なんだろう、と感激しました。それからしばらくして、哲学者の谷川徹三《たにかわてつぞう》さんをお見かけしたら、「あっ、十朱さんだ」と声が出たくらいお洒落でした。白い麻のスーツ、赤い蝶ネクタイ、帽子にステッキ。明治・大正の男たちはモダンボーイでした。こういう様子のいい男たちが、銀座にさえいなくなってしまいました。

○

父上のお洒落ぶりをお話ししたら、「出かける前にしたくを終えたら、鏡に映して見て、そこで必ずにやっと笑うんですよ。それが気持ち悪かったんです」と、十朱幸代さん。「麻のスーツをよく着ていたのは、うちの祖父の家が日本橋《にほんばし》の麻問屋だったからだと思います。外出するときはそんなにお洒落さんなのに、寝るときはよれよれでぐしゃぐしゃの浴衣《ゆかた》で寝るんですよ。それがもう嫌でねえ」。娘にとって親父は、いつでもカッコよくあって欲しいものらしい。

「不思議ですけど、歳をとると親に似てきてますね。私はこんな職業なのに、今でも人見知りで、あんまり外に行くのが好きじゃないのです。家が好き。父もそうでした。どうしてもっとお外に出かけないの、と思ったくらいです」。はい、これも分かります。親には似ないぞ、と決心していたのに、気がついたらそっくりな目つきしていますから。

俳優さんの子どもが女優になる。きっかけって何かあったのですか？

「私は子どもの頃から舞台が好きで。子役で出ていたわけではなくて、舞台にはライトの当たるものすごく明るい所と、そこからわずかに離れた袖の部分の暗闇と、ふたつありますね。あの明暗がくっきりしていて、しかも一緒にあるところが、とても好きだったのです。だから、学校が終わると父はまだ仕事しているかしら、と劇場へのぞきにいったりしていました」

お芝居するのが好き、主役になるのが好き、という二世俳優は多いが、ステージの明暗に目を奪われたというお嬢さんは珍しい。

知り合いで元その筋の世界の人が、言っていました。「映画やテレビ・ドラマで観ていて、ちゃんとヤクザらしいのは男では池部良、女では十朱幸代」って。元本職が言っていたから確かです。無理に凄味《すごみ》を作っていないところが、かえって一番怖い。十朱さんは「極道の妻《おんな》たち」でそういう魅力も開花させている。

○

秋山ちえ子さんの毎朝の番組が終わりました。長寿番組でした。長いだけではなく、いつもしっかりした視点で社会や政治や弱者のことを解説してくださった。秋山さんのラジオから、ものの見方、考え方を教わった人は多いのです。番組は終わっても、秋山さんが伝えようとしたことは、しっかり残っていきます。

秋山ちえ子さん、いま岩手県盛岡《もりおか》市にある福祉施設「いきいき牧場」の村長さんをなさっています。岩手県と秋山さんのご縁を作ったのが、どうも僕らしい。地元の元気な、ということは少々変わったという意味ですが、仲間を紹介したことでした。秋山さんは毎日あった「秋山ちえ子の談話室」が終了して、週刊の「日曜談話室」という番組が始まりました。ラジオのなかで引っ越しです。

○

岩手県出身の偉人というと、歴史上に何人もいます。石川啄木《いしかわたくぼく》、宮沢賢治《みやざわけんじ》、原敬《はらたかし》、後藤新平《ごとうしんぺい》。時代は変わって、いま誰が岩手県を有名にしているかというと、なんといっても瀬戸内寂聴《せとうちじゃくちょう》さんでしょう。お寺での説法が、日本中から人を集めています。寂聴さんの阿波《あわ》弁まじりの説法を聴くためだけに、来るのです。二戸《にのへ》の駅で降りてお寺へ向かう人の数が、ここ数年どんどん増えています。説法を聴こうという人がお寺の門前に列をつくる、これこそお寺の本来の姿です。

岩手県から生まれたといってもよいのが、雑穀のブームです。と書いて、あれっと思った。雑穀ってなんだろう。東京で売られている雑穀には、五穀とか十穀という商品名がついていて、米も麦も蕎麦《そば》も豆も入っている。商品によって、全部違う。本来の雑穀とは、米と麦とトウモロコシを除く穀類の作物のことだから、種類は決められていない。

雑穀の本家岩手の研究者に聞きました。その顔ぶれはヒエ、アワ、タカキビ（こうりゃん）、ソバ、アマランサス（南米原産の穀物で、小さな粒状）、エゴマなど。僕たち学童疎開世代にとっては、知っているけど郷愁は感じられない穀物です。

昔から東北の冷害は飢饉《ききん》を生んできました。冷たい風、ヤマセが吹くとそれは間違いなく冷害をもたらす。でも、岩手ではイネではなくヒエを作っていたので、飢饉は避けられたのだそうです。ヒエは岩手の農家にとって命を繋《つな》ぐ穀物だった。人間だけではなく、馬もヒエの藁《わら》が大好物。だから岩手の昔ながらの農家では、住まいとヒエの倉庫と馬小屋はつながって建てられていた。有機農業の食物連鎖を見る思い。

なぜこういう雑穀が流行《はや》っているかというと、やっぱりあの健康志向と食の安全志向。雑穀は農薬を使わなくても十分作ることが出来て、しかもおいしい。都会の子どもたちが、給食で雑穀を食べて美味《おい》しいというのだから、市場価値はまだまだありそう。米の代わり、というイメージはもうまったく無い。

○

日本人と日本の神々との付き合い方は、とてもおおらかでした。野山や海からの収穫を「祈る」こと。そしてその結果を「感謝」すること。どこの神様も、人との付き合いはこういうものだったのです。祈りは春のお祭り、感謝が秋のお祭りになっていました。

そのふたつの祭りの間にあるのが、お盆。これは祈りとも感謝とも違って、あの世とこの世を繋いで、人の霊との交流です。迎え火と送り火。この火がしめやかな花火の形をとる地方もあります。花火というと派手で賑やかなものと思われているのは、最近の常識にすぎません。

お盆というと、帰省です。「帰省」は単に帰るだけではいけない、大事な意味があります。省という字に「人の安否をねんごろに尋ねる」という意味があるので、家に帰って親の無事を喜ぶ、という意味になるはずです。孫を預けて、お土産もらって来る所ではないのだぞ、みなさん。

その帰省で帰る先は、田舎か、ふるさとか、はたまた故郷か。ここにもちゃんと、深い意味があります。いなかは田舎と書いて、田圃《たんぼ》や畑に囲まれた農家のこと。生まれたとか育ったとかの意味はありません。ということは、帰る先が田舎でない人も多いでしょう。ふるさとは、もっと情緒たっぷりです。精神形成期に短からぬ歳月を親ともに過ごした土地。故郷は、かなり論理的です。いまは住んでいないが、自分が生まれた土地、という意味。日本語もなかなか論理的です。

○

佐渡《さど》には伝統的な芸能が、今もなお残っています。残すことができたのは、金山《きんざん》があったためでした。金を掘るには、労働力が必要です。佐渡だけの人口ではとても支えられません。そこで、江戸にいた今でいうフリーターのような人々を、佐渡へどんどん送り込んだのでした。どこかの国の拉致ではありませんよ。佐渡は天領でしたから、江戸とは近い関係にありました。

江戸から送り込まれた男たちを、機嫌よく鉱山で働かせるには、お酒を飲ませ、芝居を見せて、歌を聴かせ、きれいなお姉さんと遊ばせなくては逃げてしまいます。そのため、歓楽街が発達しました。しかも地元の人たちも能や芝居、芸能が好きになってたくさんの能舞台や芝居小屋が佐渡にできました。いまでも沢山の能舞台が佐渡に残されています。村の大きな農家には、能舞台を設けた家が必ずといってよいほどありました。

森繁久彌《もりしげひさや》さんからバトンタッチされて、佐渡汽船の名誉船長を務めています。新潟と佐渡を結ぶのがこの佐渡汽船。「佐渡の船長です」というと、「まあ、あんな寒いところで」といわれますが、違います。佐渡は新潟県ですが、冬になっても雪は降りません。豪雪地帯といわれる日本海側にありながら、沖縄の方から流れてくる暖流のおかげで、海水が温かいからです。

「パック・イン・ミュージック」（ＴＢＳ）という深夜放送をやっていました。今からもう四十年も前です。この番組には若者たちから悩みや、相談事や、不安などが手紙で寄せられていました。中には放っておくと死んでしまいそうな、切迫した内容もありました。

「永さん、そういう若者をここへ連れておいでなさい」と声を掛けてくれたのが、佐渡の本間《ほんま》先生。場所はいくらでもあるから、みんなで悩みや不満をぶつけあったらいい、と。ご好意を受けて若者を連れて行き、そこで地元の太鼓を叩いたりして、そのうちにできたのが鬼太鼓座《おんでこざ》。鬼太鼓座から生まれたのが鼓童《こどう》。「パック」は世界的な太鼓音楽のもとを創っていたのでした。

佐渡で生まれた鬼太鼓座と鼓童ですが、彼らに教わった人たちが各地で活動をするようになりました。そのおかげで、最近は日本中に和太鼓のグループがあるといってもよいほど。各地のお祭りで、そういう太鼓が大人気です。

太鼓の叩き方にも新しい奏法が加わったり、電気を使って音響を変化させた太鼓も出てきました。それは邪道ではないか、という声もあるでしょうが、私はひとつの進化だと思っています。いろいろな要素を吸収しながら変化して、行き詰まるものもあるし、生き残ってそちらが本家になることもあるでしょう。たった四十年や、伝統芸能に納まりきれるはずがありません。

加藤登紀子《かとうときこ》さんは亡くなった藤本敏夫《ふじもととしお》さんが進めていた、都会と農業を近づける活動を受け継いでいます。藤本さんは二年半獄中で過ごした時間を、農業の勉強に向けたそうです。都会人がいきなり農村で暮らせるわけがありませんから、都会に住みながら里山《さとやま》へ行ったり来たりして、土に慣れて行くのがよいと言っていました。都会の人はもっと「農」に近い生活をした方が、健康にも生き方にも良いのだ、「医は農から学べ」という思想が根本にあります。

○

岩手県大野《おおの》村の子どもたちは、素敵な食器で給食を食べています。インダストリアル・デザイナー秋岡芳夫《あきおかよしお》さんが提唱し、デザインした木の食器です。

○

木の豊かな大野村なのだから、地元の材料で造ろうよ、毎日使うものを造ろうよ、という思想から生まれました。

秋岡さんはこの後、北海道の置戸《おけと》町に移って白樺《しらかば》を材料に木工品を造る仕事をしました。生活の中にグッド・デザインを取り入れる方法を、亡くなるまで探していた本当のクラフトマン、アルチザン（芸術的職人）でした。

「大野には木工の技術がある。千人を超す大工がいる」と秋岡さんが岩手県のパンフレットに書いています。その岩手で秋岡さんが始めたことが、全国へ広がっています。原点を見たかったら、大野村へ行きましょう。

○

介護は大変です。家族の苦労はよく分かります。でも、介護は家族の絆《きずな》を強めることができるのです。家族だけで介護を乗り切ろうとすると、必ず体も心も疲労します。

だから介護の専門家が言っているように、「汗をかかない介護が、家族の仕事。汗を流すのはプロの仕事」と考えましょう。

○

お天道《てんと》様の下で暮らす私たちとはちがって、任侠道という価値観にしたがって生きている人たちがいました。日本人はどういうわけかこの任侠道的な非合理性が好きで、東映のヤクザ映画に大拍手、義理と人情を大事にする庶民の価値観と、重なるところがなくもないからです。

何もなかったことにしよう、という政治的解決方法があります。政治的といったのは、政治そのものではなく、いかにも政治家がしそうな狡猾なやり方を指します。ところが、最近この政治的取引を政治が実際にやってしまうことがある。とくに外交問題を、「何もなかったことにしよう」という発想でうやむやにしてしまう。これはヤクザ同士の抗争の決着にあるやり方で、別の価値観で外交を展開する国に対しては通用しないのではないでしょうか。拉致問題、不審船事件、ミサイル発射、核兵器開発疑惑。ますます昭和の初め頃に似てきたような気がする。

○

三味線の桃山晴衣《ももやまはるえ》さん。六歳になった六月六日から三味線の稽古《けいこ》を始めた。当然三味線の名手ながら、途中ですっぱりと家元であることを辞めて、それ以来目まぐるしいほど意欲的な演奏に取り組んでいます。五木寛之《いつきひろゆき》さんの舞台作品の音楽、ピーター・ブルックさんのシェークスピア劇「テンペスト」の音楽。そして、平安時代の今様歌謡「梁塵秘抄《りょうじんひしょう》」の作曲。

梁塵秘抄は言ってみれば、一九七〇年代のフォークソングのような背景を持って生まれ、名もない人たちが、日常生活の中で唄わずにはいられないような感動や悲しみ、恨みなどを集めたもの。詞《ことば》は残っているのに、音楽が残されていない。それを桃山さんが時を紡ぎながら作り上げてくれました。中世の日本人の息遣《いきづか》いが聞こえるような、まっすぐでときにワイルドに襲ってくるような曲になっています。

携帯電話がこんなになってしまってから、「待ちわびる」「待ちくたびれる」「待ち遠しい」という気持ちがなくなってしまった。待つことで感じる歌心が、なくなってしまったんです。恋しい気持ちを伝えるにも、恋しい人に会うにも、足を動かし体を運んでその人のもとへ行かなくては始まらなかった。「いまどこ?」「なにしてる?」という無駄な携帯会話が多いいま、梁塵秘抄の昔に帰りたい。(携帯持っていないから、帰るまでもなく昔そのままだ、という声もある)

○

「何をやりたいかということを長いこと考えておりまして、その思いが充実というか固まるとさっと書く、というやり方ですね。イメージがいろいろ浮かんできて、それをまとめるという作業です」

映画監督の新藤兼人《しんどうかねと》さんが「いつシナリオを書くのか」という問いに答えてこう言った。私ならとてもこんなこと、怖くて聞けません。続けて、浴衣に半纏《はんてん》をお召しですが、いつもこうですか？　という質問。

「いつもですよ。楽な格好をしていると、いいイメージが浮かぶんじゃないかと考えてますよ」


港区赤坂はシナリオを書く人にとっては、懐《ふところ》のような街。その名もシナリオ会館というビルがある。その赤坂に新藤監督と乙羽信子《おとわのぶこ》さんが住んだ家がある。部屋で小さな机に向かって、一字一字シナリオを作り上げる。

「他の人は知りませんが、いつも何本か書いたシナリオがあって、時々取り出しては手を加えたり、これは駄目だとボツにしたりしています。映画はそう何本も創れるものではありませんから、創りたいものを選んで何本か書いておく」

明治生まれの大監督が推敲《すいこう》を重ね言葉を選び厳選している。それに比べて、生放送でその場を何とか踏み越えて行く生活をしている自分を振り返りました。

「歳をとって、老人のことが分かるようになりました。若いときは、老人になると欲も得もなくなって枯れると思っていたんですよ。実際になってみると、違いますね。死期が迫ってくると、焦りがあります。長い人生で人を裏切ったこともあるし、口惜しさも、贖罪《しょくざい》の気持ちもある。つまり、悠然と座って孫の守りでもしているという気分ではない。もっと生々しいですよ。だから『午後の遺言状』という映画を創った」。こんなに丁寧に絵解きをしてくださった。

○

最近の若い人たちの歌は、饒舌《じょうぜつ》過ぎると思います。「好きだ」ってことを言うだけなのに、英語の単語が入ったり、不完全燃焼さながらの言葉を盛り込んだり。たぶんそれは、ワープロで作詞しているからなのでしょう。

手で書いていたら、書けないよ、そんなに濃厚な自意識なんて。

携帯電話でも携帯メールでも、朝から晩までしょっちゅう話したり書いたりしていて、実際に会ったら何を話すのだろうか？　話なんてしないで、もう抱き合うだけだったりして。そのせいだろうか、最近「できちゃった婚」が多いのは。

○

あるジャズ歌手の話です。昔のジャズメンたちが集まって、同窓会のようなコンサートをしました。笈田敏夫《おいだとしお》さんが唄っているとき、客席に往年の女性歌手を見かけた。そこで降りて行って「唄いましょうよ」と誘い、その人も舞台に上がって持ち歌であった〝センチメンタル・ジャーニー〟を唄いました。「ああ、楽しかったわ」と客席に戻り、椅子に座るとそのまま亡くなりました。

笈田さんがしみじみと「いい亡くなり方だね」と言ったのが、耳に残りました。昔の仲間に囲まれて、気持ちよくきれいな声で唄って、楽しんで。ジャズ歌手の池眞理《いけまり》子《こ》さんでした。

○

三十八年間で延べ十万人の出演者のメークを担当したという元NHKの美粧担当の方に聞きました。僕はあのテレビ用のメークが嫌いで、逃げ回っていたのです。メークって必要なんですか？「もともとは肌の色をきれいにテレビに写すために考えられたものなんです。でも私は、メークなしに素顔で出られた方が、お話しなさることがよく伝わることがあるので、座談会などはメークなしでもいい、と思っていました。永さんが逃げる気持ちも分かっていました」。

今では美粧とはいわず、メーキャップアーティストといいます。白黒テレビからカラーテレビになったとき、この仕事はさらに重要になってきました。思い出してみると、カラーの最初の頃はめちゃめちゃな色でした。赤いはずのものが紫を通り越して

青く見えたり、微妙な色の差が見えなくて同じ色に見えたり。男性も口紅をつけた、なんてことも聞きました。いまのテレビからは全然想像もできません。その状態を打開するのに、歌舞伎役者の化粧法、花魁《おいらん》のや芸者さんの化粧法など、いろいろな色の世界の人に教えを乞うたそうです。まさしく色の道。

昭和三十年代の音楽バラエティ番組「夢で逢いましょう」には、フランスの人気俳優アラン・ドロンも出演しました。初来日のときは、ピッカピカのハンサム青年。そのうちだんだん中年になって顎《あご》は出るわ、お腹は出るわ。精悍さは消えて、次第に典型的なおじさん体型に。そういうふうに出た顎を、上手く隠すのも美粧の技。「もう決まりの顔が、あるんです。こういう顔で、という写真が来るんですね。その通り、眉はこう、彫りはこういうシャドウで、とやります」。これで誰もが知っているアラン・ドロンになるんです。

美粧のプロも、手が出せないという人がいる。その人自身の顔が、すでに出来あがっている人のこと。たとえば、三波春夫《みなみはるお》さん。誰もが知っている三波春夫という顔があるので、メーク係りは不要で、三波さん自身がメークする。美空《みそら》ひばりさんもそうでした。

反対に、メークがないとカメラの前に立たなかったのがコメディアンの益田喜頓《ますだきいとん》さん。遅れてきて共演者をみんな待たせているときでも、たとえ眉一筋でも描かないとメーク室を動かない。

メークというとテレビの世界より遥か前に、歌舞伎や映画やレビューの世界が伝統を築き上げています。それが見事にぶつかったこともありました。

NHKのいわゆる大河ドラマ。日本中のビッグ・スターを集めて制作した「赤穂浪士《あこうろうし》」では、歌舞伎の長谷川一夫《はせがわかずお》、宝塚《たからづか》の越路吹雪《こしじふぶき》、民芸の宇野重吉《うのじゅうきち》という三人が三人三様の顔を自分たちで作ってしまった。美粧さんは困っただろうなあ！　そこで、テレビ用メークというまったく新しい手法を、独自に開発したのだそうだ。

「二枚目にして。五木寛之みたいに」という注文が出たのは、作家の遠藤《えんどう》周作《しゅうさく》さん。作家はメークに無関心かと思いきや、無理難題、山のように注文がつく。「作家は顔がハンサムだと本が売れる」と冗談を言いながら。

そういえば、言文一致体をもじって「顔文一致体」という言い方がありました。吉行《よしゆき》淳之介《じゅんのすけ》、五木寛之、渡辺《わたなべ》淳一《じゅんいち》という優しい顔の作家がそろった時期に、悔し紛れに作られた表現。野坂《のさか》昭如《あきゆき》さんが言い出したのではなかったのかな。二十一世紀になったいまなら、誰と誰が？　この話は深く追求すると必ずもめるので、この辺でやめます。

政治家はどうなのだろう。「ニクソン対ケネディの大統領選挙がテレビ映りの良さで左右されたことが分かってから、政治家が積極的にメークをさせてくれるようになりました。専属メークを雇うまでにはなっていませんが」。

同じ頃からだろうが、選挙のポスター写真も変わりましたね。明らかにメークをしている、というブロマイド風な写真が増えました。でも、コメディアンは顔を作らないと出ない、という話をこれに重ねると、顔を作った政治家というのは何かを隠しているような気がしないでもないですね。

○

交通事故が相変わらず増えています。しかも、悪質な事故が目立っています。酒を飲んで仕事で高速道路を走り、追突して幼い子どもたちが亡くなるなどという、いたましい事故です。

私自身は運転免許を持っていませんから、よく分からないのですが、どうしてお酒を飲んで運転ができるのだろう。運転できないような車の構造は開発できないのでしょうか。あるいは、お酒を飲んで運転しそうな人には絶対免許を出さない、ということはできないのでしょうか。実技と学科の試験だけで、人間性には無関係に免許が与えられるのは危険過ぎないだろうか。

○

三十年余の昔、ＴＢＳラジオで「パック・イン・ミュージック」という深夜放送がありました。

僕は土曜日の深夜を、愛川欽也《あいかわきんや》さんが水曜の深夜を担当していました。

そのキンキンがときどき「水曜パック」を復活させています。当時のキンキン用語である、松葉でちょん、テトラ、パパイヤ、ポール、カトリーヌはじめエトセトラも復活します。当時番組の熱心なファンだったカトリーヌちゃんたちは、きっと今ごろ白髪の美しい熟年女性。かつてそのカトリーヌたちに、ラジオを通じて性教育をしたのがキンキンでした。

「若いときは異性に関心があるのは当たり前ですよ。セックスのことをもっと知りたい、もっと話したい、体のことを相談したい、という手紙がいっぱい来ました。でも、当時の性の用語は医学用語しかなくて味も素っ気もない。隠語はありますが、地方によって呼び方が違っていて、通用しない。だから僕が性用語を作って、明るく楽しく性が話せるようにしたの」

そうだった。キンキンの話は若者にとって兄が親身になって聞き、叱ってくれるようで、とても信頼をおかれていた。

「女の子を泣かせるようなセックスをしてはいけない、痴漢のような卑怯なことはしてはいけない」と、熱心に語っていました。

そういう正義感の強い愛川欽也さんは、戦争はどんな戦争にも反対。

「戦争はいつも力ある者には味方するけれども、一番弱い力の無い者が犠牲になってしまうの。そういう弱い人のために、政治とか国とか地球とかはなくちゃいけない。こんな当たり前のこと、どうして最近は無視されているのだろう」

またキンキンの言葉が若者たちの胸に、まっすぐに届いて欲しい。

「戦争は弱者を犠牲にする。戦争とは人が殺されること。良い戦争も悪い戦争もありません。みんな戦争」と、キンキンは明快に言います。

最近、放送の中からこういう発言が聞けなくなりました。自説を断言するキンキンは偉い。そのキンキンに〝復活パック〟をさせるTBSも偉い。


「奈良岡朋子《ならおかともこ》の入浴シーン」という中継も、キンキンの水曜パックでやりました。

尊敬する女優の奈良岡さんに、スタジオから夜中に電話をしたんです。「何してんですか？」って聞いたら、「これからお風呂へ入るとこよ」とおっしゃる。それで「何から脱ぎます？　どっちの足から湯舟に入ります？　いまどこ洗ってます？」と質問。奈良岡さんはただ電話で遊んでるだけ、と思いラジオで放送されているとは知らず、普通に話してくださったのでした。その自然な会話の色っぽかったこと。ラジオはいかに想像力をかき立てるか、実感しました。

○

放送はいつか終了します。どんな長寿番組でも、どんな人気番組でも、永遠には続かない。でも、放送が創ったものは、残ります。一人ひとりのリスナーの心の中に、ラジオで聴いたこと、聴いたことで変わったことがしっかり残れば、それがラジオ職人の満足。

○

十朱幸代さんにはNHKテレビの「バス通り裏」の時代からのファンが、本当にたくさんいる。そうかと思うと、最近の舞台でファンになった若い女性もいる。「十朱さんがお芝居の中で、訪ねて行った家の玄関先で台詞《せりふ》を言いながら、道行《みちゆき》コートを脱ぎながら畳んでしまう仕種《しぐさ》に、思わず息を呑んでしまいました」というファンレターがあった。十朱さんも凄いが、それを凄いと感じたこの人も凄い。

羽織落とし、という仕種がありますす。着ている羽織の袖をちょっと引っ張ると肩から外れますから、それを自分で後ろへ引いて、両手を後ろで合わせて袖を重ね、前へ持ってきたときにはもう羽織が畳まれているという技です。マジックのように見えますが、これこそカッコイイ。

○

旅をする仲間は選ばなくちゃいけないな、と痛感したことがありました。尊敬する友だち二人と旅をしました。ひとりは、夜遅い生活が平気、一時二時になるとむしろ冴えて来るというニュース・キャスター氏。もうひとりは、夜は八時になると目がトロンとしてきて、九時には寝て、朝は四時になると「さあ、朝だ。起きよう！」と皆を起こして歩く作家氏。

そして僕はというと、つかまるとどちらとも機嫌よく話し込んでしまう性格。夜中三時過ぎまでキャスター氏と話しこんで、さあ寝るか、と思うと作家氏が起きてきて話が始まる。私だけ二十四時間営業でした。

○

私が出ているＣＭの引用で恐縮ですが、「バスの中　咳《せ》き込む人に歩み寄り　そっと差し出す浅田飴」というシーン。宣伝頼まれているからには、私も劇場や映画館で実際にこれをやっています。辛そうで気の毒ですし、隣にいる私もはっきり言ってうるさいです。

劇場でプログラムに載せて浅田飴配ったらいいのに、と思っていました。すると、新しくできた初台《はつだい》の国立オペラハウスでは、幕間《まくあい》にコーヒーを売る場所でのど飴を売っているのを発見。音楽会で他の人の咳を聴くなんて、たまりませんからね。

第二章　見る

七十歳になってから、白内障の手術をしました。主治医は、ピーコが眼球摘出という大きな手術をしたときに知り合った、小田原《おだわら》の佐伯《さえき》先生。それ以来友だちになった、気取らない医者です。

僕はそもそも病院嫌い。患者になったことがないので、病院の掟《おきて》や手術の手順はさっぱり分からない。そこで手術中も音や気配が気になって、「今の音、なに？　何したの？」と先生に聞く。佐伯先生とうとう怒って、

「うるせえなあ、口に麻酔するぞ！」

白内障でものが見えにくくても、いいじゃない、それが老化なんだから、といって佐伯先生に叱られた。「高齢で白内障だと、足元が見えなくて転びます。骨折が寝たきりにつながり、そこから他の症状が出てくる。転ばないためにも、ハッキリ見えることは必要」。

七十歳の僕は、もう立派な高齢者。東京都には高齢者が利用するとき割引になる公共施設が、たくさんあります。美術館、博物館、いろいろな勉強ができるセンターなどです。しかし、そこで割引を受けるには、年齢を証明するものを見せなくちゃいけない。僕のような普通の年寄りにそんなもの、ありますか？

ただでさえ最近は、高齢者ドライバーから運転免許証を取り上げようとしているのに。免許証なし、パスポートなし、という お年寄りも多い。年金手帳ですか？　そんな大事なものは、持ち歩きませんよ。

昔懐かしい米穀《べいこく》通帳を復活させましょうか？

日本は食料自給率はわずかに三〇%台だというのに、国内で収穫された農作物が捨てられています。キュウリでいえば、曲がって形の基準に合格しないキュウリが三割もあり、すべて捨てられている。三度豆《さんどまめ》にいたっては半分くらいにもなる。

食べられる食料を捨てる、ということは僕にはできません。考えてみると、社会が豊かになって消費を奨励するようになってからのこと。日本の食生活は無駄を出さず、材料を使い切るということに原則があります。日本料理の極意もそう。魚のあらもあら炊きに。魚の骨は骨センベイに。捨てる料理法しかできなくなると、料理の種類も少なくなってしまう、ということ。

料理好きの東京農業大学の小泉武夫《たけお》教授の主張です。

捨てられるのは素材だけではない。調理されたものも盛大に捨てられています。見ていて胸が痛くなるのが、旅館の朝食。人手をかけないようにと、朝からバイキングが多くなっていますが、みなさん自分の食べる量をはるかに超える料理を、皿に盛る盛る。ある有名な温泉旅館の話だと、作った半分が捨てられているそうです。非日常の旅先だから、食べるものも贅沢《ぜいたく》にという気分で、残す、捨てる。もったいないですよ、食料の大半を輸入に頼っている国なのに。

農作物を作る人、料理する人、食べる人。この三者をつなぐパイプが何もないのです。つなぐには教育が必要。原点にもどって、食べ物を大事にする思想、無駄を出さない思想を教える。基本になるのは農業の大切さです。

農業を大切にする若者が育っているのが東京農業大学。目的意識を持って農業をしようという農学部の学生が、増えているそうです。

そこで小泉先生。「だから言いたい。朝食にパンを食べている学生は、週に一度でいいからご飯にしてよ、と。お茶碗一杯のご飯を、二杯にしてよ、と。これだけで食料自給が変わるのです」。変えて行くにはまずあなたから、という小泉教授の考え方、好きですね。

東京のデパートで開かれていた、藍染《あいぞ》めの展示会へ行きました。「永さん！」と声をかける人がいて、ビックリ。細川《ほそかわ》元総理でした。顔を見て一瞬、人違いかと思ったくらい、あの〝殿様〟の様子とは変わっていました。髪はボサボサ、服は普段着、紙袋を提げて、お付きも連れず。

最近、農業に全身全霊を傾けているそうです。現職の総理のとき、ベストドレッサーに選ばれたほどの人ですから、なんだか殿が変装して城下を視察してるような感じでした。話し方も、表情も、総理のときより魅力的でした。

末広亭《すえひろてい》で神田山陽《かんださんよう》の襲名披露がありました。ＴＢＳの外山恵理《とやまえり》アナを誘って行って、聴いていると、後ろからこっそり背中を突っつく人がいます。桂米丸《かつらよねまる》師匠です。山陽の様子を観に来たのでしょうが、そのときの師匠のいでたちを見て、外山君が怪訝《けげん》そうな顔をしました。帽子を深く被《かぶ》って、顔が見えないようにしていたから。急いで説明しておきました。

芸人さんは客席に入って噺《はなし》を聴いてはいけない、というのが決まりになっています。どうしても客席に回るときは、誰だか分からないように変装したり、帽子で顔を隠す。芸人が姿を変えて客に紛れているのは、こっそり勉強するためなんです。

○

変装する友人が、何人かいますよ。小沢昭一《おざわしょういち》さん、黒柳徹子《くろやなぎてつこ》さん。渋滞で車で移動すると開演に遅れそうなときなど、変装して地下鉄に乗る。別に有名人ぶっているのではなく、長々と話しかけられたり、サインを求められて周りの人たちに迷惑をかけたりすることがあるので、変装することにしたそうです。

でも、そこはそれ、俳優ですから、変装することにも凝る。凝りに凝って変装して、楽屋の鏡に映った姿を見て「ぎゃっ！」と叫んだのは黒柳さん。変装していたのを忘れてたそうです。

○

本居宣長《もとおりのりなが》の松阪に行って、教わりました。「もののあはれ」とは「世の中のことに、感動すること、いとおしく思うこと」だと。戦争中の風潮を知っている僕たちの世代としては、「もののあはれ」を桜の花や大和魂などに象徴させて若者を戦場に追いやった思想の根源のように思っていました。

でも、松阪の鈴屋《すずのや》（宣長の書斎）を訪ねてみると、三十六もの鈴が飾られていて、鈴の音を愛した物静かな哲学者の人生がありました。余韻の残る鐘の音と比べると、鈴の音はかそけき響きで、すぐに消える。命を大切に思わなかったら、鈴など愛さないだろうと思いましたね。

○

新潟へよく行きます。いまはあまり言いませんが、新潟のことを「柳都新潟《りゅうと》」といいました。新潟市はお濠《ほり》のある古い街ですから、町の至るところに柳が植わっています。もう街中が柳、というくらい。リュートという言葉の響きもいいもんです。そういう名前の楽器もありましたね。

お城の周りに柳を植えるのは、柳が陽の植物だからです。そこで、陰の幽霊を描くときは陽の柳をそばに立たせたのでした。

○

長野県茅野《ちの》にある諏訪《すわ》中央病院を訪ねました。病気じゃありません、看護師さんたちに話をするためです。白内障の手術をしたときのことを話したら、鎌田實《かまたみのる》先生から後で「あの話は良かった！」と言っていただけました。それをここでもご披露します。

白内障でしたから、診察を受けに行くと女性の看護師さん（ああ、面倒ですね、前の言い方で言うと看護婦さんのことです）が、顔を近づけて目をじっと見ます。女性に至近距離からじっと目を見られると、なんだかドキドキしました。目をわずらっている訳ですから当たり前なんですが、しっかりと目と目が合っちゃう。

鎌田先生が言うには、患者さんの目を見ることは眼科でなくてもとても大事なことだそう。「これからは、もっと患者さんの目を見て話そう」ということになっていますとのこと。どうしよう、僕はきっとドキドキしっぱなしだ。

○

群馬県で聞きました。蒟蒻《こんにゃく》にも旬《しゅん》があるのですって。季節は秋、十一月の始めから半ばまで、産地で売っているのはとりたての蒟蒻芋から作った、できたての蒟蒻です。水分が多いので、きれいなピンク色に見えます。口に入れた感触も、いつもの蒟蒻のぷりぷりした感じよりももっと柔らかくて、ゼリーのよう。初めて知りました。「何でもそうですが、旬に食べるのが本当ですよ」とは地元の弁。ピンクの蒟蒻は期間限定のもの。

山口県へ行きました。山陽町《さんようちょう》に厚狭《あさ》という町があって、ここが民話の『三年寝太郎』の故郷なんです。それに因んで寝太郎の像があるんですが、これが寝ていなくて立っている。これは絶対に寝ている銅像の方が人気が出るのではないかしら？　余計なお世話ですが。

飛騨《ひだ》で見かけた交通標語は「白川郷《しらかわごう》は世界遺産。あなたの命も世界遺産」。佐渡には有名な交通シリーズがあります。「スピード違反一万円、佐渡のワカメは五百円」「この村は美女入浴中」等など。新作が出来たら、どうぞ知らせてください。

○

最近ではお盆というと、電気をいっぱい点《つ》けてガアガア音楽を流す盆踊り。本当のお盆は明りを消して暗くして、静かに亡き人の霊が戻ってくるのを迎えるのです。いまでもこのしめやかさが伝わっているのが、沖縄のお盆。星明り、月明りのもと、かすかな迎え火と送り火で笠を被った踊り手を眺めると、その影が亡き人が帰ってきたかと思わせる。こういう静かなお盆を、広めようとしています。

○

笑福亭伯鶴《しょうふくていはっかく》さんは目が不自由で、白い杖《つえ》を突いて寄席やホールへ通っている。伯鶴さんの願いは、視覚障害者に優しい社会の実現です。たとえば、選挙の宣伝カーの騒音。目が不自由な人は周りの音や気配を敏感に聞きながら、歩いている。その手がかりとなる音を、選挙の騒音が消してしまうので、危なくて街を歩けないそうです。

もうひとつ、良いはずのことが悪くなることもある。エンジンの音が静かな環境に優しい車が開発されていますが、あれが恐い。音もなくいきなり車が走ってくるのだから、気配を感じるいとまもない。なるほど、これは大事な指摘でした。

「バリアフリーで、道路の段差をなくそうとしてますね。車椅子の人には段差はない方がよろしい。けど、わたしら目の見えない者には多少の段差があった方が、あ、ここが道路の切れ目やな、この先は危ないな、と分かるんですわ」。これにも、なるほど。障害者や高齢者をひとくくりにしてバリアフリーを考えると、誰かにとっては危険なことにもなりかねない。どこをどうすれば快適か、障害によって違っているからです。これはとても難しいこと。

○

市丸姐《いちまるねえ》さん、という芸者さんがいました。昭和三十年代頃までは芸者さんが唄う小唄や端唄《はうた》がレコードになって、いまのロック歌手並に売れていたもんです。その市丸姐さんに頼まれて、レコーディングのときに掛け声と言うか合いの手と言うか、調子を取る声を入れる役をやることになったのです。僕は昔から邦楽好きでしたし、こういうのは得意。

でも、失敗しちゃったんですね。上手くいかない。なぜかって、声を掛けるタイミングを合わせるのに、市丸さんがあの色っぽい目で合図を送ってくるんです。学生でしたから、もうその流し目を受け止めただけで、上がってしまって声が出ない。

その市丸さんのライバルが、赤坂小梅《こうめ》さん。どっちの贔屓《ひいき》か、って旦那衆は張り合っていたものでした。タレントのように人気のあったこういう芸者さんも、神楽坂《かぐらざか》はん子さんが最後でしょうか。

○

菊の花は食べられます。黄色の菊が多いのですが、赤紫の延命楽という種類も食べます。呼び方は地方で違っていて、山形では「もってのほか」「おもいのほか」、新潟では「かきのもと」。

花弁をちぎって蒸して乾燥させて、海苔《のり》のように広げてたたんでいきます。食用にするのは主に東北。冬が長い土地ですから、明るい彩りへの憧れが想像される食べ物です。旅をする楽しみは、こうしてその土地らしさを知ることにあります。

○

東京都墨田区《すみだ》に八広《やひろ》という町があります。ここは東京でも職人さんが多いところ。そのひとりに、箸《はし》を作る石井太郎《いしいたろう》さんがいます。八十歳。「いま、箸の長さは男性用が二十三・五センチ。昔は一尺だったんですが、どうも少し長いので、この長さに落ち着きました」。箸の長さは関西と関東でも違うのだとか。長さに加えて、材木の種類、削り方も違うらしい。同じ日本人で、同じ米を食べていながら、なぜ違うのだろう？　今度京都へ行ったら調べる宿題になりました。

○

北海道の小樽《おたる》には、職人さんたちがたくさんいます。明治になって北海道を開拓しようとなったとき、札幌よりも先に開けたのが小樽。木工、指物《さしもの》、陶芸、織りや染め、楽器、ガラスの浮き玉吹きなど、日本各地から職人さんが集まりました。その伝統がいまも生きています。小樽のガラス工房が観光名所になっていますが、伝統の基盤があったのでした。

テレビのニュースで亀井静香《かめいしずか》さんを見ると、「橘家円蔵《たちばなやえんぞう》師匠は元気かな?」と思う人が多いそうです。確かに、よく似ていますね。似た人は七人いる、といわれますが、サダム・フセインのそっくりさんはもっと多くて、影武者をさせられていたらしい。本人も含めて全員でそろっていなくなったのが、とても不思議。

「いやあ、永さん、こないだ亀井さん本人に会ったのよ。政治家さんがたくさん集まる会に呼ばれて。センセイに似てるって言われるんですよ、と言ったら、そばにいた某大物政治家が『円蔵さん、あんたは静香ほど腹黒くないよ』だって。政治家はオフレコだとすごいことを言うねえ」と、聞きました。

初対面の女性がそのときお化粧をしていると、僕たち男族の記憶にはその顔がインプットされます。だからその後、何かの拍子にすっぴんのその人に会うと、もう分からない。

この逆はいいんですよ。素顔を見慣れている女性が、きれいにメークしてテレビに出る。あ、この人はこんなに綺麗にも見せられるのだ、と嬉しくなります。メークも芸のうちですから。

という訳で、大阪で突然声をかけられて、全然分からなかった姉妹がいます。「あら、忘れたの、失礼ねえ！」と怒られましたが、怒る声で分かった！　すっぴんの由《ゆ》紀《き》さおりさんでした。全然違う顔でした。


由紀さおりさんとは、もう長いんですよ。ＴＢＳで童謡の番組がありました。当時の童謡歌手がたくさん出ていた番組で、その台本を書いていたのが僕です。由紀さおりさんの子どもの頃から、知っています。ということは、初対面のときにメークしていたはずはない。あれ？　どうしてだろう。女性のお顔は不思議がいっぱいという話。

○

記録映画作家の羽田澄子《はねだすみこ》さん。岩波映画製作所を経て独立して、映画を創っている。懐かしい神田神保町《かんだじんぼうちょう》を歩きながら、話してくれたこと。

「木造の二階建てでしたから、窓開けてお隣の食堂にお昼の注文をしたり、そんな街だったんですよ」

あの頃、映画製作の現場に女性がいるのは珍しい男の世界。女性がいても女優さんかスクリプター。

そういう現場で、何も教えてくれない先輩の背中越しに仕事を見て、覚えていかなくてはならなかった。周囲の男たちは「凄い女がいる」と思ったに違いない。羽田さんの作品、『平塚《ひらつか》らいてうの生涯』そのものの世界だったのです。

その映画を岩波ホールへ観に行って、暗い中に吉行あぐりさんを発見。そのとき分かりました、らいてうは吉行あぐりさんのような素敵な女性が憧れるくらい、素敵な人だったのだということ。そういう魅力が描かれていた映画でした。「自分に正直に生きた女性でした。人の思惑を気にしないで生きていた女性」というのが、羽田さんから若い今の女性へのメッセージ。

○

日本テレビの旅番組『遠くへ行きたい』が、千六百回を数えました（二〇〇二年五月）。この番組のテーマ音楽になっているのが、中村八大《なかむらはちだい》さんとのコンビで創ったその「遠くへ行きたい」。最初の放送、第一回目も僕が旅をしています。千六百回の記念でその旧《ふる》いビデオが流れました。同じ週、ＳＭＡＰの中居《なかい》クンという人が、テレビで僕の真似をしていたとか。本人が知らないところで出ていて、「最近、随分テレビに出ていますね」「ＳＭＡＰと競演（？）、おめでとう」と言われた。何だか変な感覚。

時の流れとともに価値観は変化します。信じられないようなことですが、昔、昭和の時代にある偉い方が徳島県の「阿波踊り」をご覧になるというので、有名な唄の文句の「踊るあほうに観るあほう　同じあほなら　踊らにゃ損損」というなかの「観るあほう」を、カットしてご覧いただいたそうです。

でも、最近、お孫さんが外国でその国の偉い方と一緒に、「阿波踊り」を踊られたそうでした。

ずっと長く唄われ親しまれてきた民謡の文句を変えるなんて、どう考えても心配のし過ぎです。自分のふるさとを大事にしていないように見えますから。

関西のお金持ちに鴻池《こうのいけ》さんという一族がいます。最近では政治の世界でも閣僚として活躍している鴻池さんがいますが、あの方の血筋です。この家に関して、面白い話が伝わっています。

あるとき、今同様にとても不景気な時代がありました。心配した鴻池の若旦那が父親である大旦那に「そろそろ家を出て外で働こうと思います」と相談した。すると大旦那は「止めておけ。そんなことをしたら、三井《みつい》や三菱《みつびし》、住友《すみとも》のようになってまう」と言ったそうです。このスケールの大きさが、いかにも関西財閥です。

○

事件や犯罪、戦争、テロ。あふれんばかりのニュースが毎日、耳に目に届きます。いちいち付き合っていたら、くたびれてしまう。

でも、もっと付き合わなくてはいけないニュースがあります。体が発信している体の情報です。自分の体にいつもと違うことは起きていないか。調子はどうか。熱はないか。咽喉が痛くないか。毎朝起き上がる前に、寝床のなかでちょっとずつ体を動かしながら、体に聞く。具合の悪いところがあったら、無理しない。うんと悪かったら病院へ行く。

同じように、家族の体の情報にも気をつけよう。食欲はあるかな、顔色はどうかな、つまずくようになったぞ、物を落とすことが多くない？　寝つきが悪くなりましたね、大丈夫？　大切な家族を喪《うしな》った、僕からのアドバイス。

第三章　触れる

しつこく言い続けます。耳障《みみざわ》りな日本語が氾濫《はんらん》している、と。変な言葉遣いや、意味の通じない言い換え、聴くに耐えない日本語に出会ったら、「おかしい」とどんどん言うことにしています。

そのひとつが、テレビのニュース・ショーなどで頻発《ひんぱつ》する「××したいと思います」という表現。アナウンサーが「では早速、お話をうかがってみたいと思います」というように使う。これは「では早速、お話をおうかがいしましょう」と、何故《なぜ》言わないのか。意味は同じなのに、「したいと思う」ことと「します」とは、何がどう違うのか。

「自分的には」「わたし的には」というのも、甘えがあって嫌いだ。「私としては」「私にとっては」という分かりやすくて何の支障もない表現が、なぜ使われないのか。そこのところを学者に聞いてみたいのですが、日本の国語学者は言葉の変化に異常に寛大で、「言葉は時代の変化を投影しているから」と、どんな表現も認めてしまいます。どんな表現も言葉遣いも許されるなら、国語学者の仕事はいらないのではないだろうか。

「ご意見のほうをお寄せください」というときの「ほう」も、よく聞く使い方。はっきり「これ」と指し示さないで、遠回しな言い方をするための婉曲《えんきょく》表現だそうです。しかし、討論でも番組でも聞いている人から意見を求めるときに、婉曲に言ってどうする？　本当は何も言ってほしくない、という主催者側の本音が「ほう」に出ちゃったんですか？　そうだ、レストランで「ご注文のほう、繰り返します」とも言いますね。してみると、やっぱりマニュアルから広がっていった言葉か。

〇

「美味しいものは誰にでも作れますよ。でも、うまいものはそうは作れません」。こう言ったのは僕の知ってる板前さん。

○

カルーセル麻紀《まき》さんが、一緒にいた素敵な青年を紹介してくれました。「甥です」って。

そして「いやなのよ、この子。叔父ちゃんだった叔母ちゃん、って呼ぶんだから」。

○

全国各地に講演で行ってます。市町村が主催する講演会では、最前列は主催者側の偉い人用の招待席になっていることが多い。始まる前に発見したら、僕はトコトコと降りて行って、招待席の紙をはがして、最後列に貼《は》ってしまいます。

主催者は招待されてはいけません。むしろ、後ろの席にいて聴衆の反応を見ていて欲しいんです。自分たちが企画した講演ですから、お客様は市民。喜んでいるか、どのあたりで共感したか、主催者なら知らなくちゃいけない。それには後席が特等席。それに、忙しくてこっそり中座するにも、後席の方がいいんですよ、僕にもお客さんにも迷惑じゃなくて。

○

小沢昭一さんが雑誌を読みながら、しきりと「懐かしい、懐かしい」を連発。何を読んでいるの？　とのぞくと、テロリスト集団として名指しされたタリバンの思想を紹介する記事だった。聖戦、自爆、玉砕、死んで神になれ、という表現が満載。俺たち子どもの頃、こう言われて育ったもんね、と小沢さん。独裁政権は人々に同じことを要求するようです。

○

落合恵子《おちあいけいこ》さん。ある世代の人にはラジオのDJ「レモンちゃん」。その後の人たちには作家。そしてずっと変わらずに、フェミニストで「クレヨンハウス」を背景にする活動家。いたいけな子どものため、子どものいるお母さんたちのために、生きやすい環境作りに尽くしています。

その落合恵子さんが言ったこと。「永さん、私たちはこれからですよね」。そうか、レモンちゃんも高齢者の仲間入りか、と嬉しくなって生まれた年を見てみると、何てことを言うのですか、僕よりも十歳も年下。女の子は生まれたときからおませだから、その癖が抜けなくて、背伸びして老人になってみせるのか、でも、レモンちゃんと同じ時代に高齢者でいられると思うと、何だかとても励まされたみたいだ。

○

書家の石飛博光《いしとびはっこう》さん。「書の美とは、日本の美」と教える。その先生にラジオで習字の手習いをやってもらいました。それを横から中継するのがアナウンサーの仕事。でも、これは失敗でした。「ポンと入って、こう置いて、こう引いて」という説明では、字を書いている様子が全然伝わらない。うまく伝えようとバタバタ言葉をつなぐと、字に向かう緊張感が生まれない。書の実況中継では、テレビに負けました。

石飛博光さんの書を「絵みたい」と評する人がいます。そう言えば、もともと漢字は絵だったのです。「絵を描《か》くようにのびのびと。落書きするような気分で」と励ましてくれます。弟子を自称する僕も、師匠から教わったのは、上手く書こうとしないこと。筆や半紙に慣れて、のびのび書こうとすれば上手く見えます。

「永字八法《えいじはっぽう》」といいます。永という字の中には、字を書くときの八種類の書き方すべてが入っている。永はまさしく僕の姓ですから、この字が上手く書けたらすべてが書ける（はず）です。全国の永井さん、永田さん、もし書道を始めたなら頑張ってください。

島崎藤村《しまざきとうそん》の『破戒』の肉筆原稿を見ましたが、原稿用紙に墨と筆で書かれています。原稿用紙は行が詰まっていますから、乾くのを待ちながらゆっくり書いたのでしょう。それともさらに清書して渡したのか。いずれにしても、時間をかけて書いたことがうかがえます。

○

○

農水省から電話をもらいました。話してみてビックリ。農水省経営部の中には女性就農課という課があるのだそうです。専業農家になろうという女性を応援することを仕事としています。

なぜそんな役所が電話をかけてきたのか。そうなんです、僕たちがラジオで農業の支援、特に若い女性で農業に従事したり家を継いだ人たちをレポートしているのを、ちゃんと聴いていたからです。

嚙《か》み合わないなあ、と思うことはいっぱいあります。その一つが、ＪＡが全国的に行っている農家にお嫁さんを呼ぼう、という運動。結婚する、嫁にする、という前提で農業をしてくれる女性を捜そうというのですから、どうしても嚙み合わない。農業の好きな女性はいるんです。やってみたい、という意欲もある。でも、それはイコール結婚ではない。大地と付き合いたい、自然と触れ合いたい、環境問題から土が好きになった、という女性はたくさんいます。そういう女性たちをまず農業に迎えてあげましょうよ。それだと嚙み合うんです。

嫁に来るからには農家を継いで当たり前、という発想は捨てなくちゃ。農業をやりたいという女性を増やして行こう、と考えた方が彼女たちの感性を生かせると思うのです。

○

影絵作家の藤城清治《ふじしろせいじ》さんは、動物が好きでたくさん飼っている。猫は六匹、魚いろいろ、犬は四匹、玄関にオウム、フクロウなどなど。縫いぐるみではなくて、全部生きている。「犬の種類ですか？　ボルゾイといいます。大型犬が好きなんです。体ぶつけ合いながら家の中で暮らしているのが、好きなんですよ」。家の中に池があって、そこには鯉《こい》も泳いでいる。動物好きの有名人は多いけれど、アートの世界ではたぶん一番多いのじゃないだろうか。

藤城さんのアトリエにある影絵作りの道具を拝見。最近あまり見なくなった片刃の剃刀《かみそり》が置かれている。影絵用の色セロファンをこの剃刀で切って、影絵の主人公たちを作る。

「影絵を始めた頃は、便利なカッターなんて、なかったんです。細かい作業をするのに何かないかと思って、見つけたのが剃刀でした」

道具を発見することから、始めなくてはいけない。新しい道具ができても、昔ながらのものを使ってしまう。こういうところは、藤城さんも職人です。

「カッターだと持ち方が違うんですよ。剃刀だと人差し指の先に刃があって、爪の延長のような感触で細かなことが出来ます」。鋭い線が出来るのだそうです。影絵の魅力は鋭い線で表現されていること。剃刀でなければでない線だ。切り絵ではなく、裏からの透過光を使って絵を見せるのが影絵。光を使った色を演出する魔術師です。

○

孫は「早く来ないかなあ」と、待ち遠しい。来ると「早く帰らないかなあ」と鬱陶《うっとう》しい。

動き回り、見ていて面白い生きものですが、帰ってくれるとぐったりします。

こういう孫との関係を、べったり甘えていて嫌だから変えたい、孫から独立したいというおじいちゃんおばあちゃんもいます。孫からの独立を真剣に考えるくらいの時期が、一番可愛い時期。

○

「家では夫のことをパパと呼んできました。でも、子どもが大きくなって出てしまって、いまは二人だけ。そこで、呼び方を変えることになりました。『あなた』と呼んでみたのですが、うまくいかない。名前を呼んだり、サンをつけたり。結局落ち着いたのは『ねえ』です」。吹き出してしまいました。簡単なことのようで、難しい。二人の関係が違って感じられるからでしょうか。でも、二人きりでいて「パパ」「ママ」は絶対おかしいですよ。

僕は女房のことは「マッチ」と呼びます。昌子《まさこ》からマッチ。

亡き遠藤周作さんの言葉を紹介します。心あたたかな医療について、こう書いています。「病気にかかった人間は肉体だけではなく心にも痛手を負っている。傷は体と心の両方にある。医療職・医療関係者は患者の心理を専門的にもっと勉強して欲しい」。こう書いてくださったことから、開業ナースの方たちと知り合いになり、それが昌子さんの介護に生かされ、幸せな最期を迎えることができました。

○

ラジオのリスナーから教えてもらったこと。昔は「農集《のうしゅう》電話」というものがあったそうです。七軒の農家が集まって一本の回線を使う。どこか一軒で電話を使っている間は、後の六軒は使えない。ずっと「早く切りなさい」と言われ続けて育ったそうです。だから今でも長電話はできない性分。

○

もうひとつ、リスナーに教えてもらったこと。不良債権だとか、国債残高だとか、やたら額の大きいお金が問題になっています。これは実感がわかない。どう考えたら実感が持てるのか、教えてくれました。「一万円札の目方は一グラム。一億円は十キロ。一兆円は百トン。一万円札の厚さは〇・一ミリあるので、百万円の束は一センチ、一億円は一メートル、一兆円は十メートル」と。あ、なるほど。政治資金をどうやって運ぶか、ということが理解できました。

○

こういうお金の目方や嵩《かさ》は、同じ国なら同じはず。でも、いる世界によってお金の意味が違うようだ。政界から戻ってきたばかりの、大橋巨泉さんに聞きます。

「議員になった直後に、自民党のある議員の結婚披露宴の招待状がきた。会費二万円と書いた上にご招待という判が押してある。あ、顔を出して挨拶だけすれば良いんだね、と秘書に聞くと、『それは甘いです。永田町では二万円、ご招待、というのは最低五万円包んで来い、って意味です』といわれた。どこの世界に、こんな常識がある？」

○

狂言の茂山千之丞《しげやませんのじょう》さんに聞きました。「狂言師は黄色の足袋《たび》を履くでしょう。あの黄色って何か意味があるんですか？」

答えはとても学術的でした。「その昔、足袋は布製ではなくて、革だったんですよ。羊の皮をなめしたもの、革足袋。なめすときに丈夫にするために、松の葉をいぶして、言うたら燻製《くんせい》みたいにするんですわ。そのけぶり（煙）の色がついたんが黄色なんです。今は布足袋ですから、黄色や茶色など自分の好きな色に染めてもらいます」。

「私らは足袋を履いた足の指で、舞台をさぐっているんです。裸足《はだし》よりも足袋を履いたほうが、足の裏が敏感になってさぐりやすい。足の指だけで、舞台のどこにいるか分かる」

落語は江戸時代の庶民の話し言葉を、ほぼそのまま伝えている。では、狂言は室町時代の話し言葉だと思っていいの、と茂山さんに聞いてみる。

「半分くらいはそうでしょう。狂言は室町に誕生し江戸初期に完成していますから、その間に当時の流行語、新語が入ったり、読み方が変わった言葉もたくさんあります。〝いなか〟（田舎）という言葉も狂言では〝でんじゃ〟と発音します。〝かたつむり〟（蝸牛）も〝かぎゅう〟という。これは漢語をそのまま読むことがカッコ良かったという、ある時代の流行を採り入れたのだそうです」

言葉をわざと変えて読んで、粋《いき》がるモダンさがそんな時代にすでにあったのだ。

ボソボソと声を出す若者に狂言の笑いを聞かせてやってください、と千之丞さんにお願いしました。例の「はああっ、はああっ、はあ」という、独特の大きな笑い声を聞かせてくれて、「これは笑っているという台詞なんです」とおっしゃった。「狂言だけでなしに、古典の演技はみなそうですが、台詞の型の練習をして、出来たところへ笑いや感情を入れていく。近代演劇、新劇の表現と正反対なんですよ」。

なるほど。新劇では、まず役を解釈して感情移入し、それからしぐさや表情、台詞の表現を作っていく。古典では様式性が大事、というのはこのこと。

「狂言は古典演劇ではないと、私は思うんです。古典の衣をまとったといいますか、古典の形をした現代演劇です。そうでなければ、いまの時代のお客が笑うはずがないです。民俗芸能とは一線を画しているもの、いま生きているものです」と千之丞さん。

「せっかく狂言を観に来られて、笑うのを我慢しているのが舞台から見えるんです。笑ってください。いいんです。どうも江戸時代から、笑いを低い次元のものとみるようにされてきました。だから〝笑いものになる〟という言葉がありますし、人前で笑っちゃいけないといわれる。ああいう考えが笑いを毒してきたんですよ。だから、毒されていない子どもさんの方が、言葉の意味が分からなくてもよく笑います」

狂言は声の文化。舞台からまっすぐ飛んでくる逞《たくま》しい声、張りのある声の美しさ、それに触れて耳を洗われるような気持ちの良い声、それが狂言。「青竹を縦に割ったような台詞を言え、と教えられるんです。真っ直ぐで、芯がしゃんと通って、節があって、中はほがら（空洞）でよく響く」。なるほど、「青竹のような」とは気風《きっぷ》の良さと声の良さのこと。

○

「チーズは待ってくれない、人が待つのだ」というのは、フランスのチーズ農家に伝わる諺《ことわざ》のひとつ。チーズには種類によってそれぞれ一番美味しい時期があります。そのときまで熟成を待つのが人間の仕事。人間の熟成まで待つのも、人の義務かな。最近は年齢と中身の熟成は関係ないのか、六十歳になっても語尾上げで話すおばサンが鼻につきます。

チーズの熟成師という仕事があります。その熟成師さんに聞きました。一日に何十回も「チーズ」と発音しているせいで、表情はいつも笑顔。本当です。

○

声帯模写という言葉は、古川ロッパ（緑波）さんが考案したそうです。寄席の伝統芸として物真似がありましたが、「私のは単なる真似ではなく、絵画でいうと模写だ」というロッパさんの自負が根底にあったからです。

話し方や歌声を真似るということは、その人の欠点を誇張して聞かせるわけですから、あまり嬉しいことではないでしょう。私がときどきやっている千代田区のさるお方の話し方は、声紋がそもそも似ているからであって、模写でもありません。

○

戦争の惨禍を語り伝えるとき、伝え方にも配慮が必要です。沖縄の「ジァンジァン」という小さな劇場で語る会をやっていたとき、思いを込めた内容なのにあまり聴衆が入ってくれない。どうしてだろう、と沖縄の人に聞きました。すると「地下だからですよ」と小さく言われました。そうだったのか。沖縄では地下に入るということは戦争で壕《ごう》で亡くなった人の記憶に直結している。何十回も沖縄に通っていながら、気がつかないことがまだあったのでした。

○

マルセ太郎さんの葬儀で、友人の田中泯《たなかみん》さんが追悼の心を込めて、踊りました。その姿をじっと凝視するように観ていたのが、映画監督の山田洋次《やまだようじ》さん。

それが出会いになったかどうか、本人に確かめていませんが、映画『たそがれ清兵衛』に田中泯さんが出演しています。時代劇の中にモダンダンスの世界的な名手を配した。すごいと思いました。泯さん、山梨の山にこもりながらダンスを見つめている人です。

病院へ見舞いに行って腑に落ちないこと。入院病棟には必ず喫煙室があります。そこへ患者が集まって、煙草を吸っている。せめて入院中くらい、禁煙したら、と思うんです。喫煙室は煙が充満していて、濃度がとっても濃そうですよ。

○

○

どんぐり団の団長をやっています。子どもたちにどんぐりから実生《みしょう》の苗を育ててもらい、それを森に返そうという運動です。どんぐりは広葉樹ですから、森だけでなく昆虫も蝶も野草も鳥も、そして森から生まれた川も育て、それが注ぐ海の生物をも育てます。ちなみに、団栗団と漢字で書くと、上から読んでも下から読んでも「どんぐりだん」。

で、どんぐりの木を知っていますか？　東京生まれの若い子に聞いてみると、「どんぐりという種類の栗がある」と信じているようです。夢を壊すようで悪いのですが、どんぐりの木と栗は関係がありません。椎《しい》の実、栃《とち》の実、樫《かし》の実、ミズナラの実、などの木になる実の総称です。どんぐり団は、子どもたちにこのことから教えています。

○

黒柳徹子さんは不思議な人です。テレビに出るときの肩書きは、もちろん女優。でも、テレビではドラマに出ていません。「もう三十何年前に、若尾文子《わかおあやこ》さんと一緒に芸者さんをやってから、テレビでは演じません」。女優さんになるのは舞台の上だけ。はっきり分けているのだそうです。だから舞台に懸けている。

「きっかけ？　もう話してもいいわね。『徹子の部屋』を始めた頃、芸者さんの役をやってたの。みんながほろ酔いの演技が上手いって、ほめてくれた。でも、小道具さんが話してるの聞いたの。『ホントはあれ、飲みながらやってんだよ』って。でも、あたしお酒飲めない。そこでね考えたの、酔っ払い役が上手過ぎると『徹子の部屋』もそうやってお酒飲みながらやってんじゃないか、と思われないとも限らないなと」

○

「登山者のマナーが悪くなりましたね。私たちは自分の足で歩けないようなら登らない、という思い切りを持っていました。最近の登山愛好家は、何が何でも頂上を目指そうとする。遭難しても気軽にタクシーでも呼ぶように、携帯電話で救助を呼ぶ」。山岳写真家の白籏《しらはた》史朗《しろう》さんが怒る。

登山だけはない。この国はひたすらてっぺんを目指して上ってきたから、下り方が分からない。

「野坂さんは三カ月で議員辞めたけど、私はちゃんと六年間やったんですから。議員を辞めても政治はやっています。もともと政治っていうのは、一般の人が普通に生活していながらやることなんですよ」。そうなんです、中山千夏《なかやまちなつ》さんの言うとおり。そして、誰もが政治をやらなければいけない。誰かに頼むからいけない。

○

ある年の紅白歌合戦をラジオで聴きながら、心を打つ歌詞が流れてきたらメモしようと、紙と鉛筆を用意しておきました。最後までとうとうメモは白紙。ホールからの中継が終わって、除夜の鐘の中継が始まると、そのとき初めて強い感動を味わいました。歌を創ることを仕事としてきた人間として、言葉がいかに無力になってしまったか、それを哀しく感じました。

一里鳴って、二里響き、三里渡るを名鐘とする。これほどの魅力がある鐘ですから、歌より感動を伝えるのは当然か。

○

岡田眞澄《おかだますみ》さんに聞いて驚いた話。「終戦後、台湾から引き揚げてきて、有楽町《ゆうらくちょう》にあった引揚者施設に入った」。今ではオフィス街と銀座に挟まれた有楽町も、終戦直後は怪しげな物を売る闇屋や浮浪者がたむろする場所。そんな所にある施設に、エキゾチックな顔立ちの少年が暮らしていた。

ファンファンは生まれは南仏のニースだけれど、育ちは世界各地。日本の故郷はというとその有楽町だとか。有楽町のガード下には今はまるで観光名所のように、昭和三十年代風な飲み屋やミルクホールが並ぶ。

「若い世代は背が高くがっちりと体格が大きくなりました。我々と比べると、日本人の民族としての肉体が変わってきているんです。しかも、肉を多く食べる。するとリンも一緒に体内に入る。リンを消費するためにはカルシウムがなくてはなりませんから、体内のカルシウムが不足する。実はカルシウムが不足すると情緒が不安定になってくることが分かっています。こういう循環でグルグル回っていく。いわゆる〝キレル〟という原因は食生活にもあるんです」

と教えてくれたのは小泉武夫さん。「臭い食品大好き博士」として知られていますが、本職は東京農業大学教授。日本人の食生活と農業の未来を憂えています。

「いただきます、という食への感謝がなくなったことが問題。食べるということはどういうことか、この豊かな社会では若い人は考えられなくなっている。それでは人間はウンコ製造機に過ぎないです」と怒る小泉さん。
そういえば、ファミリーレストランやファーストフードの店内からは「いただきます」「ごちそうさま」の声が聞こえない。

野坂昭如さんがいつも訴えているのが、食料自給率のことです。小泉先生も心配してこう警告。日本の食料自給率は政府の発表では四一％。でも厳密な調査では三八％だといっています。この数字が下がり続けて二〇％台になれば、「一億以上の人口を有する国家としては危機的状況」「社会にパニックが起こらないのが不思議」と、アメリカの専門家はみています。ちなみに、アメリカの自給率は一三二％、フランスは一四〇％を超えています。

毎年、新たに医者になる人は六千人いる。対して、農業後継者になるのは八百人。日本人の健康と国の将来を担うという意味では、医者も農家も同じ使命を負っている。朝から晩まで、年中無休で作物を育てる農業。

オーストラリアのタスマニアから、養殖されたエビや貝が日本に送られてきます。タスマニア産の伊勢海老《いせえび》がいるんです。そういう日本向けのエビで大切なのは、ピンと伸びたヒゲ。折れていたり切れていると、日本の市場では値段が下がってしまう。でも、そんな立派なヒゲが必要なのは、料理屋のテーブルに載る一瞬のこと。旨《うま》さには関係ないのです。

ヒゲがムダというと、世界中のヒゲ男たちに叱られそうですが。

○

上海《シャンハイ》へ行きました。小籠包《ショウロンポウ》を食べようと、街へ出かけました。とある大きな店では一階は店内はおろか、前の道路まで人が溢《あふ》れて、立って食べていました。諦《あきら》めて二階へ上がりました。ここはテーブルがあって座って食べていますが、込んでいて待つ人でいっぱい。三階へ上がりました。ここは豪華なテーブルにクロスも掛けられていて空《す》いていました。すべての場所で食べているのは、同じ小籠包なんですよ。これが社会主義か、と思って感心して見ていると、一緒に行った仲間が「これこそ資本主義だ」と評論。なるほど。

その上海で偶然、中村芝翫《なかむらしかん》さんに会いました。東京ではなかなか偶然会うことなどないのに。バブルの頃の東京でも、同じことがあったそうです。なかなか会えないアメリカ人の同業者が、東京なら偶然会えたそうです。イケイケ経済のときは、世界中からいろいろな用事で人が集まるものなんですね。

○

これまで僕が聴いた何千というコンサートのベスト・テンを選ぶとすれば、必ず入るのが小室等《こむろひとし》さんの「武満徹《たけみつとおる》との出会いコンサート」(二〇〇〇年)。思いを込めた演奏とトークに、透明感のあるぬくもりがあって、大好きでした。忘れられない、あいうコンサートをしたい、という感動が残りました。だから小室さんの企画するコンサートには、ファンが多い。

小室等さんの才能は、思いつかないような人と人を繋げて、コンサートや音楽を創ってしまうこと。武満さんともいつ、どうして友達になったのだろう。「一九七〇年代のあるとき、渋谷《しぶや》の『ジァンジァン』で僕がやっていたら、ふらりと武満さんがお出《い》でになって、しかもそのことを書いてくれた。世界の武満が僕のこと知っている、と嬉しくなってすり寄って行った次第」と。

羨《うらや》ましかったですよ、武満さんとは一度お話ししたかったから。僕はまだ学生の頃、黛敏郎《まゆずみとしろう》さんたち新進の作曲家の事務所で、走り使いの〝坊や〟をやっていました。そこへ武満さんがよく来て、話しているのを聞くだけだった。憧れていた人。僕が尊敬する人と小室さんが仲良くしているのを見て、口惜しかった。

○

日本の職人教育を語るとき、ドイツのマイスター制が必ず例に出されます。まず、子どもを二つに分けます。物を創るのが好きな子どもと、ものを考えるのが好きな子ども。創るのが好きな子はマイスターのコースへ向かわせる。考えるのが好きな子は、学者にする。これは子どもの資質で分けるのですから、文科系・理科系と分けるよりもずっと目標が見易《みやす》い。

○

「東京ライターズ」という、創立三十年を迎える名門の草野球チームがあります。ピッチャーは笈田敏夫《おいだとしお》さん。キャッチャーが永六輔。サードが安部譲二《あべじょうじ》。サードへ走塁すると殴られたりしますから、危なくてランナーは走らないことになっています。笠田ピッチャーは、ゆるーい球を投げる名手で、トンボが留まるんじゃないかと見守ってしまうくらいのボール。それを捕球したキャッチャー永は、ものすごい剛球で投げ返します。このキャッチャーはまた、アンパイアとよく喧嘩をするという隠し技を持っています。一球一打ごとに喧嘩になり、気がつくとキャッチャーがいない、という試合展開がよくあります。怒って帰っちゃうんですよ。

○

いま、東京のタクシーは四万台。多いですよ。その中で、何回か同じ運転手さんの車に乗りあわせたことがあります。また、その日の早朝乗ったタクシーに夜乗った、ということもありました。偶然を超えて、奇跡みたいな確率でしょう。

○

「劇場の中にもうひとつ劇場がある、という感じでした」というのは、若い女子アナさんを能楽堂へ連れて行ったときの感想。屋根を載せた能舞台が、いつも見ているステージと違って見えたのでしょうか。

これで思い出したのが、外国人に国技館で相撲を見せたときの質問。「なぜ屋根があそこに浮いているのか？」と聞かれました。これにもビックリしました。

驚きながら考えた。もともと能楽も相撲も、お寺の境内など野外で行われていたものでした。こういう疑問、直感的に当たっていますね。

○

事件や事故の報道でよく感じることですが、同じニュースでも東京にいて知る内容と現場・現地で得られる情報とは大きく違っています。よく言われる「温度差」です。愛媛県宇和島《うわじま》の宇和島水産高校の事件もそうでした。水産高校の練習船が、ハワイでアメリカの潜水艦に体当たり浮上されて、高校生たちが多数亡くなったというものです。あれは米軍潜水艦の方に非があることは明白ですが、現地で聞くとああいう急浮上はこれまでもよくあったこと。遊びのような急浮上を許している雰囲気が、現地にはあるのだそうです。

報道する記者たちは、そうした背景をどこまで取材できているだろうか。そして、取材した事実をどこまで報道できているだろうか。

○

ジャズ・ヴォーカリストの鈴木重子《すずきしげこ》さん。東大出の美貌の歌手ですが、話し方がゆっくりおっとりのんびり。「鈴木さんのお話を聞いていると、眠くなります。そういうまだるっこしい鈴木さんが好きです」というファンも。コンサートではご本人も「どうぞ寝てください」と言うそうです。鈴木さんからは「永さんのお声はとても素敵ですねえ、いいお声ですね」と言われた。ゆっくり時間をかけて。

ゆったり話す鈴木重子さんは動作も緩やか。「いま、立つ練習をやっています。アレキサンダー・テクニックというのですが、体のどこにも力を入れないで、力を抜いて、バランスを取って立つことが出来るんです。ステージでは楽に立って唄わないといけませんし、普段の暮らしでも小さなストレスなど立つことで気がついたりします。寝るときには、自分の重さを地面に返すような気持ちで寝ます。そう教えてもらいました。軽く、よく寝られるようになりました」

じっと耳を傾けて鈴木さんの話を聴いていると、ゆっくりしたテンポが普通に思われてきた。ジャズ歌手じゃなく弁護士になっていても、聴かせる弁護士になっていたかもしれない。

「嫌なことがあると、お散歩しながら話を聞いてくれる樹のところへいって、幹に手を当てて『今日、こんなことがあったの』と話すと、黙って聞いてくれます。ときどき、泣いたりしています」

黙って人の話を聴いていられない僕としては、こういう樹になりたい。

第四章　話す

おしゃべりだと、思われています。でも、よく知っている人はみんな「永さんは寡黙な人だ」と言います。本当なんです。取材と言うとおこがましいのですが、この人の話を聴こう、というときは聞き役に徹します。

しっかり聴いて、三日経ってその人の話したまま、まだ記憶に残っていたら、それを書き留める。そうじゃなければ、全部覚えてなんていられませんから。

黙っていると、「永さんは気難しい」「怒っているのかな?」と思われます。話すと「うるさい」「やかましい」と言われる。中間がないなんて、よほどの不徳。

○

言葉の文化が痩《や》せてきました。その現れとしか思えない事件が、相次いでいます。たとえば、ストーカー。誰かを好きになったとすると、「あなたが好きです、付き合ってください」と言う筈《はず》です。そこで断られたら、口説《くど》いたり、手紙を書いたりして熱意を伝える。みんな言葉です。

ところが、それをしないで、好きになったらいきなり自分のものにしようとする。もっと言葉を磨き、言葉を信じて欲しい。あなたの言葉はあなたの人格。

「Eメールや携帯メールを使っているから、ちゃんと言葉で会話している」、だなんて思っていませんか？　あのメールは言葉ではありません。記号の交換。言葉には表情や身振りがあって、意味を補完している。手紙にも形式や、文字の巧拙《こうせつ》が出ているから、表情として伝わる。携帯電話はもはや電話でもなければ、メールでもない。無機質な記号の発信機。

言葉の記号化・符丁化に拍車をかけているのが、略語や省略の横行。CDやHPのようにアルファベットのもの、イケメンだのメアドなど意味不明な省略。言葉を短くしたり独特の言い方を発明することは昔から特別な仲間社会にはありました。ヤクザや芸人の社会で、そこだけしか通用しない言葉を創り、自分たちのアイデンティティを確認し合う。最近の略語は三、四人しかいない仲間で使って喜んでいます。だから一層分からなくなる。

○

今だから話せること。あの美空ひばりさんとデュエットしたことがあります。あの人は決して誰とも歌のデュエットをしないことで有名でした。なぜそんなことになったのか。ひばりさんを応援しているサポーターの一人に、さる大物がいました。その大親分に呼ばれて、「お嬢のためにヒット曲を作詞して欲しい」と懇願されました。僕は、その頃作詞家でしたから。親分は大広間の下座に座り、私は上座。親分の背後には若い連中が勢ぞろいしています。

「歌は頼まれて作るものではありません。そうやって作った歌は絶対流行《はや》りません、お断りします」と、言ってしまったんです。その瞬間、若いもんの座っている畳がジ・ジ・ジリッと音を立てました。全員が身構えて、膝を何センチか進めたからです。

これでもう命はないかな、と覚悟したとき、「おみごと！」と声があがって、親分が認めてくれた。「あいつは違う、あいつは信じてもいい」と親分が言ったのかどうか知りませんが、ひばりさんのデュエットの相手に選ばれました。

○

伝法《でんぽう》な、という形容がありますが、由来は浅草の伝法院。この寺で働く男たちが、威勢がよくて暴れん坊だったので、こういう言葉が生まれました。芝居小屋に押しかけてただで観たり、無銭飲食したり。初めは「困った連中」という意味の隠語だったのでしょう。次第に威勢のよさだけが残って、いまの僕たちの感覚では「江戸っ子らしい、いなせな言葉づかい」を言います。

その伝法な話し方で記憶に残るのが司会者のロイ・ジェームスさん（一九二九〜八二年）。アメリカ人でありながら伝法な江戸弁で、生き生きした話しっぷりが魅力的でした。イスラム教の信者である彼から、イスラムの教えをたくさん聞きました。亡くなってもう二十年になりますか。

○

「飯田蝶子《いいだちょうこ》さんはここで働いていました」という貼り紙が、上野松坂屋にありました。テレビの草創期に、すでにお婆さんの役を演じていた飯田蝶子さん。その飯田蝶子さんと沢村貞子《さわむらさだこ》さんを足して割ったような、と言われているのがテアトル・エコーの松《まつ》金《かね》よね子さん。

その松金さんにベニサン・ピットを案内してもらいました。昔は染色工場だった森《もり》下町《したまち》のこの建物には、九室の稽古場《けいこば》がある。客席が百人の小劇場から、千人以上の大劇場でやる芝居まで、同時にいくつもの劇団が稽古を進めている。

ベニサン・スタジオの様子を「デパートみたいでもあるし、お醤油を借りに走る長屋みたいでもあるし」と松金さんは描写しました。差し入れを交換し合ったり、ミネラル・ウォーターをめぐんでもらいに訪ねたり。そのたびに大きな階段を上り降りする。それがまるでデパートの階段。

「第二スタで骨折し、第六スタでは腰を痛め、第九スタでは泣きながら長台詞を覚えた」松金さん。舞台には俳優の汗と涙が染み込んでいるといわれますが、稽古場には血も涙も、捨て台詞も染み込んでいそう。

このベニサン・スタジオは都営地下鉄の森下駅から歩いて八分くらい。両国《りょうごく》の駅からだと十分くらい。「ちょうどいい距離ですよ、駅から発声練習しながら声出して歩いてくるのに」と、役者さんは言います。街の人たちも「もうビックリしなくなりました」と言う。

このあたりは昔から町工場が多かったところ。印刷や染め物、木工、繊維などの職人さんが昼も夜も食事をしていた。そこへ貧乏な役者や演劇青年がやってくるようになって、街の飯屋の親切が身にしみたそうです。

○

『銭形平次《ぜにがたへいじ》』の作者は野村胡堂《のむらこどう》さん。岩手県出身で、学生時代には金田一京助《きんだいちきょうすけ》や石川啄木と短歌や俳句のグループを作っていました。当時の若者の教養として聴き始めたのでしょうか、クラシック音楽も好みました。生涯聴きつづけたクラシックのレコードが七千枚、故郷の「あらえびす記念館」に収蔵されています。ここでは銭形平次の資料を眺めながら、レコードが聴けます。なかなか不思議な組み合わせ。

○

「このたびは、姐《あね》さん、とんだこって……」と、放送局で声を掛けられました。作家の安部譲二さんでした。忘れてないですね、専門用語を。

○

北の樹木のナナカマドを知っていますか？　赤い実がなる、秋から冬の木です。北海道の人たちはこの木が好きで、挨拶にも「ナナカマドが赤くなったね」と言い交わします。木質が固く、七回も竈《かまど》にくべてもまだ燃えている、ということから名づけられました。

メラメラとよく燃えてあっという間に灰になる木とちがって、なかなか燃え尽きないから良い木なんです。火がなくてはならない北海道の暮らしに合ったから、親しまれている木。すぐにメラメラと燃えて、燃え尽きて灰も残らないような僕は、ナナカマドを見ると恥ずかしくて赤くなってしまう。

ホーメイという中央アジアの歌唱法があります。モンゴルではホーミィという似たものがありますが、北隣のトゥヴァ共和国ではホーメイ。

一人の人が二つ以上の声を出す、一人二重唱。

巻上公一《まきがみこういち》さんがやって聞かせてくれました。確かに一つの声なのに、高音と低音が重なるように聞こえる。音楽でいうと、低い基音の上にできる倍音をより分けて出す、ということになります。この声の出し方は、中央アジアの広大な草原で声を遠くまで聞かせるのに必要だった技術。「草原でホントによく聞こえるの?」と聞いてみると、「届きますよ。日本でも、アメ横にいるおじさんが、よくやってますから」。そうか、だみ声の太いやつか。

○

巻上公一さんのもう一つの得意技が、口琴《こうきん》。唇に栓抜き状の金属を当てて、空気を震わせてビヨンビヨーンという音を出す。口の中の空間を広げたり、狭めたりして振動させる。声帯の原理。シベリア、ハンガリー（ドロンボ）、スカンジナビア、イタリアで盛んに使われていたもの。日本ではアイヌの人たちが、竹に糸を結んだムックリを口にあてて鳴らしています。

ホーメイも口琴も古くからあった、楽器の原点。西洋音楽のドレミやグレゴリオ聖歌より前のもので、音楽の原理主義をたどればここへ至る。巻上さんはコンサートを開いたり現地と交流したりして、最近ではどんどん愛好家が増えているそうです。「一人の人間がこんなに音や声を出せるなんて、可能性の果てしないことを教えてもらった」とは、巻上さんの弁。でも、できない人間もいるのですが。

○

「ちっちゃな歌舞伎座みたいで、中に入っているお客さんが全員家族みたいだった」

というのが、生まれて初めて寄席に足を踏み入れた外山アナウンサーの感想。

きっと畳敷きの桟敷があったことが、茶の間を連想させて家庭を感じたのだろう。若い人の中にもなかなか的確で可愛い表現をする人がいる。


その寄席で、文治《ぶんじ》師匠が若い観客に江戸弁を教えてくれた。

「最近の娘ッ子は、キムタクだのなんだのを『きゃあ、カッコイイ』なんていうけれど、江戸っ子なら『様子がいい』と言われたいねえ」。この〝様子がいい〟という表現に、外山アナは感激していました。

また「ありがとうございました」の過去形はいけなくて、「ありがとうございます」と現在形でいうこと。「あした」はいけない、「あす」じゃなくては。あのくらいの年齢のおじいちゃんが、伝法な言葉遣いで話すと威勢がよくて好きです。まるでアナウンサー教室のような高座でした。

○

スピーチ・ライターという仕事があります。有名なのがアメリカ大統領の演説を書く人たち。世界に影響が及ぶ大事な演説を、毎日作っています。

僕たちの身近にいるのは、結婚式に祝辞を頼まれた上司が本屋で買ってくるスピーチ例文集。あれだってスピーチ名人が書いたものですから。

そのアメリカ大統領ともなると、ライターは五人はいます。しかも、書いたものを読むだけじゃなくて、演出を加えたパフォーマンスにする。アフガニスタンへの爆撃を決めたときのスピーチを聞きながら、さすがに演出がすごい、ここまでやるのか、と思いました。

演出はこうでした。まず、「九・一一」のハイジャック・テロで、最後までテロリストと闘おうと言っていた乗客の未亡人を、スピーチの冒頭に起立させ紹介したのです。そして演説の締めくくりは、あのビルに最初に救助に飛び込んで行った警察官のお母さんから渡されたバッジ。それを握り締めながら、スピーチしたのでした。「これから爆撃するぞ」という恐ろしいスピーチが、家族の絆を強調し、愛する者を残して逝《い》った人たちをたたえることで、聞く者の胸をうつものに変わりました。これが優れた作家と演出家の仕事ですから恐いんです。

それに比べて、我が国の首相の演説は芸がない。もしスピーチ・ライターがいたとしても、四文字熟語が好きなオジサンなのかな。最近、やたらに熟語が多いです。

○

俳優さんはいろいろな顔を持っています。演じるとともに演出する人、脚本を書く人、批評もする人。小沢昭一さんはそれに加えて、出版社もやっている。これは珍しいと思います。その「新しい芸能研究室」という版元から出たのが、小三治《こさんじ》さんの『落語家論』という著書。出版社が出したがらない、ということはあまり売れない芸能の本を、頑張って出版しています。

その小沢さんと長野へ行きました。土地の人に「うちの親父は長野の出身で」と言っていました。長野の人は大喜びで、とてもよくしてくれました。その足で新潟へ行きました。小沢さん、また「うちの親父は新潟の出身で」と言いました。ひょっとして、行く先々でご当地出身に早変わりするんですか？

「親父は長野中学を中退して、長岡中学へ行ったんです。だからどちらも事実です。……大阪は違いますが」。……ってことは、大阪でも言ってしまったんですね。

「父がこちらの出で」「母が……」というと、客席の空気が瞬時に変わります。温かく、優しくなる。小沢さんのお母さんが大阪出身だと、後で知りました。

小沢さんが「若い女性は苦手だなあ」と嘆きます。で、若いってどのあたりの子たち？　と聞くと「美空ひばりまで」ですって。大笑いしてしまいました。「それ以後はみんな同じでね」。ひばりさんの個性が抜きん出ていたという意味なのだ、と解釈しました。

○

作家の澤地久枝《さわちひさえ》さんの色紙《しきし》は、「命を泣かせるな」。戦争の悲惨さを、精緻な取材をもとにほとばしるような哀しい情熱で書き綴る名人です。

尊敬する澤地さんに「初めまして」と挨拶したら、「昭和三十四年頃、『眠られぬ夜のために』という随筆を頼まれたこと、お忘れですか？　原稿を頂きに行ったのは私です」と。この瞬間、僕はぎゃっと叫びました。あのときちょうど、神田の山の上ホテルに缶詰になって書いていました。「婦人公論」から編集者が来るというので、部屋にいた女性たちと悪戯《いたずら》をたくらみました。ドアがトントンとノックされるのを見計らって、一人はベッドに、もう一人はクローゼットに。

果たせるかな、ドアを開けた瞬間、澤地さん仰天。四十年たってから「あなたはサービス精神いっぱいだから」と、あの魂胆は分かっていたことを告げられました。ずっと騙《だま》されたふりをしていた澤地さんの方が、サービス精神では上です。

「永さんはてっきり独りだと思っていたので、あの現場で女性をみかけて正視していいのかどうか、ドギマギしてしまいました。ベッドに寝ていたのは歌手の坂本《さかもと》スミ子さん、クローゼットに隠れていたのがデザイナーの中嶋弘子《なかじまひろこ》さんでしたね」。『夢で逢いましょう』（昭和三十六年に始まったＮＨＫの音楽バラエティ）の打ち合わせ中だったのです。僕まだ二十代、悪戯盛りでした。

○

〃地元デビュー〃という言葉があるのだそうです。会社を退職したりリストラされたお父さんたちが、近所でボランティアでもしようか、と始めるのが地元デビュー。これがなかなか上手くいかないのだそうです。だって、会社と違って、ボランティアは女社会。物事の進め方、会議のしかたなど、何から何まで女性の感性で進められる。

そこでお父さんたちはストレスを感じる。
私の経験から言いますと、ボランティアで上手くやるコツは、男性は一歩退《ひ》いて見守るというスタンス。これで上手くいくはずです。

ところが、地元デビューしたお父さんたちに向けるボランティア女性たちの目は厳しい。男性の遠慮と気負いが、邪魔なのだそうです。「そういうものを全部肩からおろして、男女が一緒に仲良くやりましょうよ」というのが女性の建て前。
そこで提案。男性はまず状況をよく観察すること。仕切ろうとせず、いま男手が必要、ここはフットワークの良さが必要という場面になったら、すっと前に出る。先輩たちも譲るタイミングが自然な方が譲りやすいですから。

それぞれの人がそれぞれの生き方を背負って集まっているのが、ボランティア。どういう考え方で生きてきた人か、知らないと手足も動かせません。だから、集まりには必ず出て、誰さんはどういう人生、かれさんはどういう人生、という歩みを知る努力をすること。これを知ることでバックアップの無駄がなくなります。

ボランティアやっていて疲れるのは、無駄になること。時間を使って、知恵を使って決めたことがひっくり返る。これは疲れる。

そこでボランティア・オバサンたちにもお願い。男性の過去にも関心を持ってあげてください。会社にいたときは数字に強かったのか、技術に詳しかったのか、知恵はないけど体力はあるのか。得意なことが分かれば、仕事の分担も上手くできます。オジサンのプライドも傷つきません。サロン文化ってこういうことなんです。専門の異なる人たちが集まって、何か起きたときに一斉に立ち上がれる。

○

さだまさしさんを、子どもの頃から知っています。盲目の歴史学者・宮崎康平《みやざきこうへい》さんのところの農園を預かっていたのが、彼の父親。宮崎さんから「この子は落語家になりたいっていうのだけど、永さん、どうしたらいいでしょう」と言われて、困った。九州出身の噺家《はなしか》っていませんから。多分それは難しい。そこで「他に何かできる？」と聞くと、「僕は歌が唄えます」という。「だったら、落語みたいな歌を唄ったら」とそのとき言いました。

それから少しして、さだまさしになってデビューしました。

○

〝ハッピー・マンデー〟という脳天気な言葉とともに、休日が増えました。国民の祝日を何月何日と固定せず、何週目の月曜日と決めてしまう。これには、「休日が増えると遊びに出かけて、個人消費が伸びる。消費が拡大すると、経済に貢献する」と、〝風が吹くと〟式の大義名分がくっついてました。でも、本当に休みが増えて消費が上向いて、景気が良くなるんでしょうか？

「こんなに休みばかり多くなって、いいのかい」というのが、僕の身の回りの人たちの言い分。僕たちの世代は、土曜日もよくて半ドン、普通は出勤して働いていました。たかが休日のことと思うでしょうが、こういう日常生活の根本で違っていると、世代のギャップが埋め難くなるんです。

○

妻が亡くなって六日目、いつものラジオ生放送に出演しました。それは外山恵理アナウンサーがいてくれたからでした。外山君はその二年前、お父さんが亡くなった翌日に健気《けなげ》にも僕の番組をその死を悟られない努力をして務めてくれたのでした。悲しみはもちろんですが、こまごましたことが多いのが家族の死。それでも放送は休まずに続けました。外山君に出来て僕に出来ないわけはない、そう思ってマイクに向かった。

マイク越しに見る彼女の大きな目が、僕の代わりに泣いていました。

家族の終末医療に携《たずさ》わっている、多くのリスナーのみなさんがいます。
一緒に闘っているという気持ちでした。

○

イラクの戦争で。軍事評論家は兵器の話をするとき、異様に嬉しそう。武器、兵器というのは奇妙な力を持っている。「たとえ敵の放った弾でも、当たれ当たれ、と見てしまう」とスペインの詩人も言いました。ということは、大量殺戮《さつりく》兵器の破壊、という戦争の理由はそもそもあり得ないこと？

攻めて行くアメリカ軍の戦艦に乗って、ミサイルの発射を中継するテレビ局。他方、攻められているバグダッドにも、中継するカメラとレポーターがいる。戦争の報道がこんなふうになったのはこの戦争から。

国鉄スワローズの名投手、金田正一《かねだまさかず》さんと僕は投げ合ったことがあるんです。と言うと、ある世代の人たちは突然、燃えるような目つきになります。

金田さんが引退した直後、雑誌の仕事で会いました。ファンでしたからサインが欲しくて、新しいボールを持って行きました。「サイン、お願いします」って言って僕がボールを投げて、金田さんが描いて、また投げ返してくれました。そう、だから二人はボールを投げ合った関係。……ゲームしたなんて、言ってませんもん。

○

「そこんとこ痣《あざ》があるけど、どうしたん？　と聞くと、母親に殴られた、家で虐待されている、と子どもたちが話し出すんですよ。親の虐待は昔からあったものかどうか分かりませんが、口に出す子どもは増えましたね」

保健室の先生、大分県のヤマちゃんが話してくれました。子どもたちが言い出しやすくなったということ、せめてこれだけでも喜んでいいのでしょう。

「子どもの目を見たら、あれえ、この子どうしたのかな、何かあるのかな、って分かるんですよ」と、保健室のヤマちゃんが断言する。子どもたちの異常が察知できる人が、先生になっていないと子どもは救われない。学校の先生の採用試験には、子どもに関心があるかどうかなんて問われないからだ。

最近、小中学校の先生になる人は、いわゆる良い大学を出た、いわゆる良い家庭の育ちの人たち。自分たちが挫折を味わっていないから、子どもたちの不幸や苦しみが分からない、とあるベテランの先生が言った。この国は豊かになって、こんな先生を創ってしまったのか。

地方の言葉を大事に思っています。伊奈《いな》かっぺいさんという友人がいて、津軽《つがる》弁の名手。彼の書いた津軽弁の詞をTBSの外山アナウンサーが読んでくれたとき、「津軽弁はいいなあ」と僕は感動しました。

翌週、かっぺいさんが抗議にきた。「あれは津軽弁ではない」というのです。どうしたら津軽弁らしく聞こえるの、と聞いたら「やっぱりあそこで生まれるしかないでしょうね」と。途中からは無理だそうです。

宮沢賢治の「雨ニモマケズ」という詩が、あまり好きじゃなかったんです。でも、岩手出身の女優の長岡輝子《ながおかてるこ》さんの朗読を聴いて、降参しました。涙が流れました。読み手に力があると、伝わるものが変わる。

○

ということは、方言というものは文字には合わない、馴染《なじ》まないものということ。

「津軽弁を文字にするのは、忘れないために、無くならないために、いったん記録しておくため。書かれたものを声に出して読んで、初めて方言にもどる」と、伊奈かっぺいさんは言いました。とすると、日本語は音に特徴があると自信を持っていいのかな。

言葉を大事にするところと、まったくそうじゃない県と、地方によって全然違う。沖縄や青森や山形は守ろうという情熱を感じます。大阪弁はどうかというと、大阪弁を守ろうとか、正しい大阪弁を伝えようというよりも、無神経に押しつけてくるような力を、ヨシモトの世界に感じたりします。

伊奈かっぺいさんご夫婦の、仲人《なこうど》をしました。青森へ夫婦で行って、式に立会い、披露宴で挨拶もしました。そのとき、「先ほど、新郎妊婦は滞《とどこお》りなく式を挙げ……」って言ってしまって、大騒ぎになりました。いまは〝できちゃった結婚〟は市民権を得てますが、当時はもう大顰蹙《ひんしゅく》をかいました。ええ、ばらした僕が。

「戦争体験は伝わっていなかった」というのが、大橋巨泉さんの感想。議員を突然辞めてから、どうもイライラした様子だと思ってきいてみると、こういうことだった。「今の北朝鮮の国内状況を見ていると、僕らが子どもの時とまったく同じなの。昭和ヒトケタの後半の生まれだから、戦争中は政府や学校が教えることばかり信じていました。でも、結局は全然違っていた。そのショックの大きさが体験としてあるものだから、戦争はいけない、人を殺すことは絶対いけない、と信じて主張してきた。日本全体が敗戦を経験したのに、結局伝わっていなかったんだね」。

○

終戦のとき何歳だったか、それによって戦争の受け止め方が少しずつ異なっています。小学生だった僕は学童疎開させられて、大人を信じなくなっていた。中学生になっていた野坂昭如さんはもうちょっとニヒルで、自分しか信じないという考え方。戦争はいやだ、悲惨だという体験をどう伝えるか。世代ごとにたくさんの伝え方があった方がいいと思う。

「映画創ったり舞台創ったりして、語り継がなきゃいけない」と、大橋巨泉さん。ユダヤの人々が映画界に多い、ユダヤの人々が舞台芸術のパトロンに多い、という理由からだけではなく、戦争を阻止しようという意識も強いようだ。日本の映画はどうだろうか。

コメディのなかにも反戦思想が生きている。笑いながら、あるいは唄いながら、戦争に反対する語り継ぎをしていく方法もあります。

「力あるものに与《くみ》さないこと。力がある方へなびかない人の意見も聴くこと。これが民主主義の基本です。そうじゃないから、日本のプロ野球は面白くないんだ」と、これも大橋巨泉さんの意見。昔のキャッチフレーズ「司会は巨泉、野球は巨人」の後半を、最近否定しています。

○

長谷川《はせがわ》きよしくんと大原《おおはら》美術館へ行ったとき、絵の解説をしながら大変面白い経験をしました。西洋の絵で言うと、写実から印象派くらいまでは「女の人がいてね、豊かな胸に赤ちゃんを抱いていてね、その子の顔がまんまるで」というように、言葉で説明していく。

このあたりまではいいんです。でも、現代に近くなってダリやシャガールやカンディンスキーになってくると、「えーっと、時計が木からぶらさがっていて……」とか、「赤い色がばっと散って、そこで斜めに線があって」というように、言ってる方も聞いてる方も何が何だか分からなくなってくる。すると長谷川くんが「いい加減にしてください、見えないと思って！」と怒り出す。ごめん、もっと絵の勉強します。

言葉に感情を込める、ということを小沢昭一さんに教わりました。小沢さんに朗読してもらうための詩を書いたのですが、小沢さんの読み方がそれはそれは見事でした。かあちゃんが夕暮れに子どもを呼ぶ、という郷愁をかき立てる情景を描いたのですが、「帰っておいで　ご飯だよ」という句がリフレイン（繰り返し）になって進んで行きます。これを小沢さんは、だんだん怒りを帯びてくるかあちゃんの声で聴かせました。優しさから不安がまじり、最後には叱責《しっせき》もこもる表現。上手くて、僕の意図以上に効果的で、泣けてしまいました。

○

夏の風物詩というと、風鈴《ふうりん》。風鈴につきものといえば吊り忍《しのぶ》。これを作る人を忍職人といいますが、丸い忍玉を始めとして、宝船、筏《いかだ》、灯籠《とうろう》、亀などありとあらゆる美しい形を作っています。東京でもただ一人となった忍職人が、江戸川区の指定無形文化財である深野晃正《ふかのてるまさ》さん。吊り忍だけを作り続けている。

芯は竹を割った串を使い、苔《こけ》を巻きつけて、その上に忍を巻く。巻くといっても最近は忍それ自体の量が少なく、手に入らないそうです。忍は山肌に自生するシダの仲間の植物で、栽培に不向きなので山に登って採取してもらう。しかし最近では、山の植物に必要な手入れがされていないので荒れ放題。苔もなかなか育たなくなっているそうです。

忍職人の深野さんの願いは、ロッククライミングする若者が忍を採って来てくれないか、ということ。わざわざ山に登るのだから、小さな軽いお土産として忍を採取して、届けて欲しい。伝統工芸すべてに言えることなのだが、技術を大事に伝えても、それを形にする原料や材料が足りないそうです。

東京・北区は都内でも伝統工芸を守る職人さんが多い町。浮世絵版画、銀器、鎚金《ついきん》、木版画、蒔絵《まきえ》、七宝《しっぽう》、江戸鼈甲《べっこう》、漆《うるし》工芸、東京仏壇、陶芸、ろうけつ染め、彫金《ちょうきん》、凧絵《たこえ》、緞金《たんきん》、象嵌《ぞうがん》、竹工芸、こけし、東京無地染め、など。

浮世絵版画の親方にラッキィ池田さんが「これまでで、これだ、という作品は出来ましたか」と、ひやりとするような質問をすると、「職人は全部の仕事が、これだ、ですよ。一回変なものを作っちゃうと、生涯崇《たた》りますから」。職人らしい答えをくれました。

○

ラッキィさんは親方というけど出てきたのが若い親方だったので、「お若いですね」と口にすると、「若く見えてもこの道六十余年ね、子どもの頃からやってるから。他に遊びが無かったんで」。下町の子どもたちは、親父の手伝いをしながら技と芸を身につけてきた。

人間国宝もいます。緞金の奥山《おくやま》峰石さん。奥山さんは人間国宝に決まったとき、「お金がかからないなら、もらっておけば」と言ったおかみさんの言葉に、力づけられたそうです。

ラジオ職人（?）を目指しているラッキィ池田さんが、職人さんの言葉をもらってきました。「仕事は自分に返ってくる」と。辛いことも、失敗したことも、上手く出来て誉められることも、仕事が返してくれた結果。

○

自分でやっていて言うのも変ですが、「土曜ワイド」はつくづく不思議な番組です。ゲストで出た人たちが「また出たい」「こないだ出たが、言い足りなかったから、もう一度出る」と、よくいってきます。

僕に直接ではなく、人づてに聞くことが多いのですが。

東京農大の小泉武夫先生は直接言ってくれました。「食の大切さについて語ったが、まだ言い足りない。もう一度機会をくれ」という手紙。それも、巻紙に筆で書いてありました。手紙をもらうことさえ珍しいといってもいい時代なのに、巻紙に達筆な手紙は印象的です。

○

友だちの、おすぎとピーコさん。素敵な姉妹ですが、最近「オッパイが無いのに叶《かのう》姉妹より素敵」と言われるようになりました。

「一人ずつだときちんと論理的な話になるのに、二人そろうとただ騒がしいだけ。どうしてでしょう」。本当にそう。叶姉妹ではなく、おすぎとピーコのことです。二人に共通するのは小気味よい毒舌で、聞くと「ホント、そうだ」と思えるような評価が含まれている。

手当たり次第に悪口を言っているように聞こえるけれど、そうではない。彼女たちなりの美学や感性があって、それとあい入れないものに悪口を浴びせかけているのです。悪口もそれぞれの人の公的なイメージについてのことで、個人の事情には決して触れていません。このあたりのバランス感覚が、小気味良さになっているのかな。

○

女優の樫山文枝《かしやまふみえ》さんと会うと、いまだに「おはなはん」を思い出してしまい、懐かしくなります。本人にうかがってみました。いつまでも大昔のことがくっついて回って、困ったことはありませんか？

「たった一年間のことだったのに、こんなに覚えていてくださって……。おはなはんという人は嫌な女性ではなかったから、自分でも思い出しては元気をもらっています。

『人間世界のことだもの、何とかなろうわい』というのがおはなはんの口癖でした。『何とかなろうわい』と自分でも言って、元気出してます」

ライフワークと評される作品に出会えるのは、役者冥利《みょうり》に尽きること。なかなか出会えなくて、もがいている俳優は多いのです。安心しました。

○

「生きているからこういう経験もしようがない、と諦めるには余りにも悲惨なでき事が相次いでいます。だからこそ『土曜ワイド』を聞いて笑えるときがあると、ほっとします」というお便りをいただきました。喜怒哀楽というけれど、テレビも新聞も戦争やテロや事件の話でいっぱい。せめて僕の番組だけでも、そうした中で笑える話を伝えていきたい。

「こういう事件を聞くと、誰かに何かをしてあげたいと思う。そんなとき、気がつくと私は台所に立っています」というお便りがありました。それも誰かへの喜捨《きしゃ》になるんです、台所というのは誰かのために何か作るところですから。気持ちがちゃんと行動になる、その一番近い場所が台所。

○

「七十歳になったら、転ばないように注意ね」と、秋山ちえ子さんに言われました。先輩の忠告は大事にします。「足元だけじゃなく、考え方もね。転ばないように」と、続きました。

第五章　歩く

旅が多いもんですから、「荷物はどうなっているの？」とよくジロジロ見る人がいます。よっぽど旅支度が上手いのだと、期待されているんでしょうね。でも、傘だって持たないんですから、荷物はないですよ。キャンバス地で作った一澤帆布《いちざわはんぷ》の手提げ袋、これだけです。

僕は折りたたみの傘は持ち歩きません。雨が降ったら走ります。七十歳になっても、雨が降ったら走ります。疲れたら雨やどり。

偉くなるほど、持ち歩く荷物が増える。そういう人、多いですね。しかも自分ではその鞄《かばん》を持たない。お付きの若いのが持つ。都内で車で移動するのに、どうしてそんなに大きな革鞄がいるのだろう？　という人、よくみかけます。

まだ続く温泉ブーム。景気が悪くても自分のための出費は惜しまない、という元気な人たちがこのブームを支えています。

ある温泉好きが、間違って湯治場《とうじば》へ行きました。ほうほうの体《てい》で帰って来たのです。そしてまあ、文句を言うこと。「お湯は良かったけれど、宿がひどかった」と。言わせていただきますとね、それはあまりにも無知ですよ。温泉と湯治場とは違うものです。湯治場は農閑期に入った農家の人たちが、農作業で疲れ切った体を休めに行くところ。働き詰めで腰を悪くしたり、怪我をしたり、持病が悪くなったりしたのを、じっくり時間を使って癒す場所です。それには高級旅館なんてとても向かない。泊まる部屋は大部屋、布団は煎餅《せんべい》布団があれば良いほう。お米や鍋釜《なべかま》の炊事道具も持ちこんで、自分で料理しながら滞在するのが湯治場。

○

湯治場が減っています。だんだんと温泉旅館街に変貌しているんです。旅行好きにとっては、これは残念なこと。質素に暮らし、湯に浸かって体をいたわる。ゆっくりと流れる時間に身を任せ、自然の中で春になったら何を作ろうと考える。こういう思索のための場所だったのです。

旅行の雑誌を見ていて、仰天しました。「日帰り温泉の旅」というパック旅行まで、売られているんですね。日帰りで温泉に行って、何が体にいいもんですか。温泉でお湯に入るには、少なくとも一晩は泊まらなきゃ。観光に力を入れて頑張る人を応援していますから、こういうはしょった考え方は好きではありません。

○

東京放送児童合唱団という、少女たちのコーラス隊があります。そのコンサートの振り付けをしたのがラッキィ池田さん。感動的な振り付けでした。合唱団ですから歌うことをおろそかにはできない。それに振り付けを加えるというのは、どうなるかと楽しみにいきました。鮮やかなものでした。踊らせないのだけれど踊りになっている、というところに感動しました。見事な無駄のない振り付けで、しかも可愛らしくて。

隣の席にいたのが山本直純《なおずみ》さん。お孫さん三人がメンバーで出ているというので、うるさいこと。「土曜日の番組に呼んでよ」と言われたので、「うるさいから駄目」と言ってしまった。あれからおよそ半年後、直純さんは亡くなりました。出ていただいておけばよかった、と僕は青ざめました。もうこういう軽口はよそう、とそういうときは思います。

○

芸人を誉めるときに「芸達者な人」という言い方をすることがあります。言い得て妙ではありますが、言われた芸人にとってはいろいろと負担のある誉め方。何でもできればそれでよいわけではないから。

「やおやでハイヒール履いて怪我をした」というの、分かりますか？　やおやとは舞台用語で、客席に向かって傾斜している舞台のこと。観客からは見やすくてよいので、最近これを使う劇場が多くなりました。この上でピンヒール履いて、平らなところを歩くように演技する女優さんは大変。不自然な姿勢でバランス取りながら立っているので、腰を痛めます。

やおや、大根や芋が並んでいる八百屋の店先にある傾斜した台のことです。

○

大阪のある立派なホテルのフロントで「メッカの方向って、どっち？」と聞いてみたら、「こちらでございます」とたちどころに指し示してくれた。感心しました。ホテルってこういうことを心得ている場所なんです。

もし僕のラジオ番組にイスラム教の信者がゲストで来たら、生放送中であろうともその人はメッカの方を向いてお祈りをするでしょう。そのとき、「メッカはどちら？」と聞かれて、僕らは答えられるだろうか？

「そんな必要はないよ、友だちにイスラム教の信者がいるわけじゃないし」と思うでしょう。いるんです、思わぬところにイスラム教の信者が。僕のことで言うと、子どものときからの仲間で大親友のロイ・ジェームスがイスラム教信者でした。彼は戦後の放送の草創期に、ラジオの司会やコマーシャルの声優として活躍しました。特にジャズに詳しくて、戦後のほとんどのジャズ・コンサートの司会をやっていたと言ってよいくらい。ロイからイスラム教のことは、さんざん聞かされていました。もしロイが生きていたら、この間の戦争のことをどう言うだろう。

そのロイから教わったとおりに、イスラムの教えを紹介します。

放送の仕事をするようになって、仲間と野球チームを作りました。僕はキャッチャー、ロイはファースト。その一塁手が試合の途中に、「タイム!」とベースを離れてお祈りをするんです。試合が終わってからすりゃあいいだろう、という仲間に「一日五回、メッカに向かい、自分が決めた時刻にお祈りをする。これがイスラムの決まり」と教えてくれました。

これを含めてイスラム教の信者の守らねばならないことは五つあるそうです。アラーの神以外を信じてはならない。一年に一度、断食をする。誰かに何か良いことをして、救わなければならない。そして、一生に一度はメッカに行く。

イスラム文化圏ではホテルの部屋に必ずメッカの方角を指して、矢印が描かれています。メッカは科学的にいうと東経四〇度、北緯二二度くらいにあります。異教徒には単なる点に過ぎませんが、イスラムの人々は世界中いつでもどこにいても、これを気にしているのです。

戦中戦後の時期、外国人は長野県軽井沢《かるいざわ》に集められていました。そのガイジン少年たちの総大将が、ロイ・ジェームス。長野に学童疎開していた僕はその当時から、ロイのボスぶりを聞いて知っていました。放送の仕事で会うようになってその名前を聞き、「もしかして?」と思って確かめたらまさしく彼でした。

そのロイ・ジェームスのお父さんはモスクをあずかる聖職者。そのモスクの近所に住んでいたのが小沢昭一さん。「目には目を、テロにはテロを。でも戦争に戦争、には反対です」というのが小沢さんの戦争観。戦争を起こしたい専門家がいて、迷惑をかけられる一般人がいる、という真実が短い言葉に隠れています。

○

あるレポーターが芸大の学長に就任したばかりの平山郁夫《ひらやまいくお》さんを取材に行って、アトリエで作品を観たんです。「まあ、絵もお描《か》きになるんですね」とご当人に話しかけたので、僕はスタジオで椅子から転げ落ちそうになって叫びました。その方は日本を代表する画家なのだ、と。でも、そのときの平山画伯の返事が素晴らしかった。

「ええ、まあ、ちょっと」

○

高い支持率で出発した首相に対して、日本人は寛容なようです。マスメディアも支持率が上がった下がったという報道に熱心で、その首相がどういう改革をすると国民生活にどんなしわ寄せがくるか、という肝心なことは書きません。

でも、政治家の支持率にしてもテレビの視聴率にしても、また他のいろいろな人気投票にしても、支持が多いのは正しいというイメージのもとに行われています。これ、変じゃないですか？　多数の人が支持する意見や人物というのは、だいたいが疑ってみたほうがいいと思う。少数意見の大切さを、忘れてはいけません。

エッセイストの池部良さんが関東大震災に遭ったのは、当時馬込《まごめ》にあった自宅。その当時、馬込というと文化人が住む町として知られていました。現在では「馬込文士村」といわれ、東京都の名所になっています。

○

馬込に住んだ作家・画家・学者・歌人たちは、川端龍子《かわばたりゅうし》、小林古径《こばやしこけい》、子母沢寛《しもざわかん》、村岡花子《むらおかはなこ》、佐多稲子《さたいねこ》、石坂洋次郎《いしざかようじろう》、川端康成《かわばたやすなり》、萩原朔太郎《はぎわらさくたろう》、稲垣足穂《いながきたるほ》、尾崎士郎《おざきしろう》、宇《う》野千代《のちよ》、真船豊《まふねゆたか》、広津和郎《ひろつかずお》、山本周五郎《やまもとしゅうごろう》、北原白秋《きたはらはくしゅう》、和辻哲郎《わつじてつろう》、小島政二郎《こじままさじろう》、室生《むろう》犀星《さいせい》、三島由紀夫《みしまゆきお》、広津柳浪《りゅうろう》、藤浦洸《ふじうらたかし》、三好達治《みよしたつじ》、山本有三《ゆうぞう》、高見順《たかみじゅん》、吉屋信子《よしやのぶこ》。時代を超えて文士を惹《ひ》きつける雰囲気があったのでしょうか。

「龍子記念館」のように公開されている場所もありますが、多くは「ここに誰それが住んでいた」という記念碑や案内板の表示があります。大森《おおもり》駅から山王《さんのう》、南馬込へ向けて歩く散策コースがお薦めです。地図を片手に歩くと、なかなかの距離ですが、中高年のウォーキングには絶好。

仏教の難しい教えを分かりやすく、ときには面白おかしく伝えよう、という考え方から生まれてきたのが落語でした。同じ考えで、面白おかしくではなく節をつけてうなって語って聴かせようと出来たのが説教節。ここから浪花節が生まれてくるんです。大衆芸能の原点はお寺の高座《こうざ》にあるんです。そう、寄席の高座ももとはお寺の坊さんが座る高座です。

○

綾小路きみまろさんの仕事はキャバレー漫談。歌謡曲の歌手や芸人の前座となって、ジョークやおしゃべりで座を盛り上げる。「キャバレーの客は厳しいんですよ。話が下手だと灰皿やお絞りが、私めがけて飛んでくる」。

キャバレーを卒業すると、有名歌手の歌謡ショーの司会者になる。歌舞伎町のキャバレーのあった一帯から、ショーのある「コマ劇場」までの距離は短いのに、キャリアの道のりは遠い、遠い。

○

長野に学童疎開していた頃、東京に残った父から毎週、手紙がきていました。子どもですからありがたいと思わずに、返事も出さなかった。そういう私へ、また父から手紙がきて、叱られました。「もらった手紙に返事が書けないという忙しさは、恥ずかしい」と。

自分がなってみて分かったのは、大人はみんな忙しいということ。父の叱った意味がよく分かりました。それからは、必ず返事を書くことを自分に命じています。

意外なものが嫌いという人はいます。僕の俳句の師匠、入船亭扇橋《いりふねていせんきょう》さんが苦手なのは、トマトのスライスしたの。スライス物では椎茸《しいたけ》がいやという人も。洋服のボタンがバラバラに散らばっているのが嫌。キシメンとワンタン。分かりますね、ビラビラでツルツルものが駄目という。

見た目が嫌いというのとはちょっと違うけれども、戦争中死ぬほど食べたサツマイモの〝農林一号〟。見るのも嫌です。これは僕。

窯変天目茶碗《ようへんてんもくちゃわん》のあの油滴のポチポチが嫌いな人も。ボタン嫌いに通じるところがあって、無数の目に見つめられている感じが、苦手なのでしょう。苦手なものを知ったら、わざと押し付けたり意地悪しないこと。大人がこんなことを言うなんてと思うでしょうが、そういう悪友がいるのです。

○

もっと大変な人もいます。誰かが刃物を持っているのを見るだけで、もうぞっとするくらい嫌いだと。だからこの人は床屋へ行ったことがない。

何度も何度も確認しても、戸締りや火の用心が気になって、駅まで行って戻ってきてしまう人もいます。こういう人も多いのです。

苦手調査に「蛇《へび》という字が嫌いなので、絵で描きました」という葉書をくれた方。これがまた立派な蛇の絵。見ている僕の方が恐いくらい、リアルな蛇。大丈夫？

百足《むかで》が嫌いなのは岡田眞澄さん。見ただけで、あの長身・ハンサムが飛び上がって逃げます。百足が苦手な人は多くて、「どっちが頭なのか分からないから嫌い」という。「帽子を被《かぶ》せて欲しい」って。

野坂昭如さんが苦手なのは、吉永小百合《よしながさゆり》さん。名前を聞くだけで、金縛り状態です。

写真愛好家の皆さんは、新宿西口にある中央公園へ行ってみてください。ここでは毎日のように、アマチュア・カメラマンの撮影会が開かれています。この公園と写真とは、深い縁があるのですがもう知る人も少ないかもしれない。

この公園の中には「写真工業発祥の地」という碑があって、明治三十五年に研究所と工場ができたことを伝えています。その昔、この地で現・コニカが写真感光材料の国産化を実現したのでした。公園のある場所は元・淀橋《よどばし》浄水場。その西側に小さな池と、それを囲んで桜の並木がありました。そこから生まれたからさくらフィルムなんです。新宿も昔はきっと清らかな水が豊かで、工場に適していたのだろう。

この近くに住んでいるのが、編集者の見城《けんじよう》徹《とおる》さん。毎朝、愛犬と散歩をするのですが、朝日を受けて輝く高層ビル群が嫌いではない。「村上龍《りゆう》さんが『谷崎潤一郎はこの美しさを知らなかった』と言ったんですが、その通り。谷崎に見せたかったというほどエロチックな風景ですよ」。

見城徹さんが毎朝、愛犬とともに眺めるのは、高層の三軒のホテル。ヒルトンに缶詰にしたのは、尾崎豊《おざきゆたか》。センチュリー・ハイアットは村上龍が週末に通って書くホテル。パーク・ハイアットは郷《ごう》ひろみがベストセラー『ダディ』を書いたホテル。物書きを追い詰めて原稿用紙に向かわせるには、缶詰に限る。昔は旅館だったその缶詰ホテルも、新宿の高層ビルが好まれる。変わったのは眺めだけではない。

かねてより不思議に思っていたことを、見城さんに聞いてみた。売れっ子の作家を囲んで、何人もの編集者が、それも会社の違うライバルが群れをなして食事に行く。ああいうときの勘定は誰が払うんですか？　「それは結構葛藤《かっとう》がありましてね、割り勘のときもあるし、一番最近に本を出した版元が払うこともあります。作家が全部払ってくださることも。絶対払わないという作家も、多いですよ」。

幻冬舎《げんとうしゃ》の見城徹さんは、「ラジオと活字（本）の共通点は、想像力を刺激すること」と。それ以外のメディアからはこの刺激はもう得られない。

「もうひとつ、パーソナルに伝わるところも似ている。ブロードキャストですから大衆に向けて発信しているのだが、受け手は自分に向けてだけ届いている、と感じる」

「十年前に仕込んだものが、いま作品になって当たっている、ということなんです」。幻冬舎の本は単行本とは思えないくらい、時勢にタイムリーな著者が書いていて、悪く言う人にとってはあざとさのある出版。こういう人の、こういう生き方がきっと話題になる、と先を読むことを〝仕込む〟と言っているのでしょう。

〇

水之江滝子《みずのえたきこ》さんはＳＫＤのレビュー時代からステッキを使い慣れていましたから、いまは手放せなくなったステッキとは、もう長い付き合い。だからステッキのあしらい方が上手い。見ていてなるほどなあ、と思います。そこで提案。みんなで出来るだけ早くから、ステッキを使いましょう。車椅子にも乗ってみましょう。馴れなんですって、これは。ターキーさんのカッコよさを見ていると、そう思う。シルクハットにステッキ姿の素敵なターキーさんに倣《なら》って、みんなでやってみませんか。

○

『さらば東京ジャイアンツ』を書いた詩人の清水哲男《しみずてつお》さん。「読売巨人軍は残っているけれど、東京ジャイアンツはもういまの野球には存在しない、という気持ちから書きました。書かざるを得ないという、やむにやまれぬ気持ちから書いたのですが、その反応の凄さにはもう言葉にもなりません」。タイトルを見ただけで、度胸のある人だと思った。

別離を告げるほど東京ジャイアンツが好きだった清水さん、ジャイアンツ・ファンが多い東京都下で育った人です。

「立川《たちかわ》高校に通っていました。立川というのはふたつの意味で文明が衝突する場所だったと言えます。ひとつは、米軍の持ち込んできた圧倒的な物質文明。戦後でしたから。もうひとつは、立川を境に西東京の農村地帯の低所得家庭の子弟と、東側は三《み》鷹《たか》・吉祥寺《きちじょうじ》など中産階級の住宅地から通ってくる坊ちゃんたち。何が違うかというと、お洒落ですよ、それも靴。足元だけは誤魔化せなかった。彼らが履いているのは革靴でした。僕らはズックの運動靴。スニーカーなんていうカッコイイものではありません」

分かるなあ、足もとの劣等感は隠しようがない。

制服の高校生が都会っ子にどうしても勝てないのが、革靴の権威だ。

僕もそう。浅草生まれですから、運動靴どころか下駄でした。

「当時は今の地名でいうとあきる野市というところに住んでいました。いまだにそうなんですが、そこの人たちは新宿に行くことを『東京に出る』って言うんですよ。同じ東京都なのに。どうしてという納得できない気持ち、もっと言うと虐《しいた》げられたような感じをもっていましたね」

その頃の立川というと、他の街とは明らかに違う空気が溢れていた。基地がなくなったことが、街の変化に大きく影響している、と清水さんは観察する。「僕が高校生のときは、『路上でキスをしてはいけない』という注意書きの看板が、日本語と英語で出ていました。そうだ、いまの立川にはアメリカ人がいないことが、街をすっかり変貌させているんですね」

○

東京・青山にある青山墓地は、桜の名所でもあります。お彼岸の取材に行ったラッキィ池田さんが、怒りの電話をかけてきました。「墓石に腰掛けて花見をしている奴がいるんですよ。そうかと思えば、喪服姿で納骨にきて、帰りに花見している一家もいるんだから」。なぜ墓地に桜を植えたのか、お弔《とむら》いの気持ちに桜は似合わないのか、そこのところの取材が必要。

東京、日本橋人形町《にんぎょうちょう》、いい名前です。町名の由来を聞いて、改めて感心しました。江戸時代の日本橋には中村座、市村座の他にも小さな芝居小屋や見世物小屋がありました。そういう小屋では人形浄瑠璃を上演することも多かった。人形を遣うと当然いろいろ壊れる。それを修繕する人形師たちが集まっていたのが、このあたりだったそうです。このことは本からではなく、町を歩いていて、街角に立っている案内板で知りました。

○

犬を飼っていないので気がつかなかったことを、十朱幸代さんに教えてもらいました。

「夏はね、犬のお散歩が大変なんです。アスファルトの道は熱ですごく熱くなってい て、一時間も散歩すると足の裏がやけどしそう。だからどちらのワンちゃんも、土のある公園に来て散歩するんですよ」

犬用の靴を売っているのを見て笑っていましたが、そういうことだったのですね。

○

一年中旅しています。夏休みになると、行く先々でぐったり疲れた家族を見る。荷物を持って、子どもを負ぶって、くちゃくちゃになった帽子を紙袋に突っ込んで。家族で思い出を作りたい、という気持ちは分かります。でもそれは、乗り物に乗って遠出しなくてもできること。家の近所、鎮守《ちんじゅ》の森、小学校の校庭の鉄棒。場所はどこだっていいじゃないですか、家族がいれば。教える、話す、笑う、叱るという工夫をすれば過ごした時間が思い出になります。

富山の薬屋さんというと、紙袋に入れた薬を置いて歩くというイメージがあります。柳行李《やなぎごうり》を背負って、歩いて回るという姿が眼に浮かびますが、最近はちょっと違うようです。家庭の他に事務所もお得意さんになっていて、事務的にというとおかしいのですが、一年に一度減り具合を点検し集金して歩く。こういう薬を配置薬というそうです。配置薬のセールスマンはいま全国でおよそ三万人。そのうち富山県の製薬会社の販売員は六千人だそうです。

○

富山の薬売りというと紙風船がつきものですが、子どもに風船を渡すようになったのは明治三十年代から。それ以前は、九谷焼《くたにやき》、輪島塗《わじまぬり》など地元の名産品がおまけになっていた。なかでも人気があったのは、江戸や上方《かみがた》の歌舞伎役者の版画。ブロマイド代わりだったのでしょうが、役者が着ている着物の柄、髪型など流行情報を伝えるフアッション雑誌みたいに喜ばれたらしい。人が歩いて情報を伝えた江戸時代は、世界的に見ても先進的だったのではないだろうか。他の行商とは違って、富山の薬屋さんに対する信頼感は絶大だったようです。

背中に背負った柳行李は、五段重ねになっています。一番上の小さな行李には、帳簿と筆と算盤を入れる。その算盤の裏には小さな丸い穴が百個開けられていて、そこに丸薬をざらざらっとあけて数を数える。この発想はいまでも薬局で使われるスプーン状のものとなって、伝わっているそうです。薬屋の算盤は何度も見たことがあるのだけれど、気がつかなかった。

○

「いつも日本中を旅して回って、お元気ですね。永さんの健康法は？」と、ときどき真剣に尋ねられます。健康法って生き方だと思う。その人らしい生き方。もちろん、生き方には死に方も含めて。

あとがき

僕のラジオ番組や講演は活字にしておくべきだと説いてくださったのが、編集プロデューサーの鴇巣龍彦《ときのすたつひこ》さん。

文章を書くよりも話すことに魅力を感じている僕にしてみれば有難いことではあるのですが、恥を残すことにもなります。

生放送のラジオには、その日の風というものがあり、疲れている時、沈んでいる時、はしゃいでいる時が、声の調子に現れます。

それが活字には現れません。

そのあたりは想像力で補っていただきたいと思います。

最後に、知恵の森文庫編集部の光田秋彦氏、登場していただいた番組のゲストや、出演者諸君、各地でお会いした有名、無名の方々に感謝。

二〇〇三年七月　　　　　　　　　　　　　　永　六輔

知恵の森文庫

明《あか》るい話《はなし》は深《ふか》く、重《おも》い話《はなし》は軽《かる》く

永《えい》　六輔《ろくすけ》

2003年 9 月15日 初版 1 刷発行

発行者——加藤寛一
印刷所——慶昌堂印刷
製本所——ナショナル製本
発行所——株式会社光文社
〒112-8011 東京都文京区音羽1-16-6
電話　編集部(03)5395-8282
販売部(03)5395-8114
業務部(03)5395-8125
振替　00160-3-115347

ISBN4-334-78240-X Printed in Japan

お願い

この本をお読みになって、どんな感想をもたれましたか。「読後の感想」を編集部あてに、お送りください。また最近では、どんな本をお読みになりましたか。これから、どういう本をご希望ですか。

どの本にも誤植がないようにつとめておりますが、もしお気づきの点がございましたら、お教えください。ご職業、ご年齢などもお書きそえいただければ幸いです。

東京都文京区音羽一・一六・六
（〒112-8011）
光文社〈知恵の森文庫〉編集部
e-mail:chie@kobunsha.com

知恵の森文庫

好評発売中!　　こころの森

快楽であたしたちはできている　安彦麻理絵
ロンドンの勉強　浅見帆帆子
世にもフシギな保育園　安堂夏代
有名人志願　家田荘子
フランス流おしゃれの秘密筐　伊藤緋紗子
フランス上流階級BCBG《ベーセー・ベージェー》　ティエリ・マントゥ　伊藤緋紗子訳
ロスチャイルド家の上流マナーブック　ナディーヌ・ロスチャイルド　伊藤緋紗子訳
パリが教えてくれること　伊藤緋紗子
マダム・クロード 愛の法則　クロード・グリュデ　伊藤緋紗子訳

コケットな女　エレーヌ・ミルラン　伊藤緋紗子訳
永遠の愛を手に入れる幸福《しあわせ》の法則　伊藤緋紗子
おまえとは寝たいだけ　石原里紗
くたばれ!専業主婦　石原里紗
なぜかオトコ運のいい女性 悪い女性　井形慶子
浅見光彦たちの旅　内田康夫　早坂真紀 編著
水物語①〜④　内田春菊
僕は月のように①〜②　内田春菊
天使の思う壺①〜③　内田春菊